中国神话故事

袁珂/原著 许名/改编

时代出版传媒股份有限公司

安徽少年儿童出版社

图书在版编目（CIP）数据

中国神话故事（美绘典藏版）·夏商之治 / 袁珂原著；许名改编. —合肥：安徽少年儿童出版社，2018.1（2020.10 重印）

ISBN 978-7-5397-9388-7

Ⅰ.①中… Ⅱ.①袁… ②许… Ⅲ.①神话 – 作品集 – 中国 – 当代

Ⅳ.①I277.5

中国版本图书馆 CIP 数据核字(2017)第 150264 号

ZHONGGUO SHENHUA GUSHI MEIHUI DIANCANG BAN XIA SHANG ZHI ZHI

中国神话故事（美绘典藏版）·夏商之治

袁珂 / 原著
许名 / 改编

出 版 人：徐凤梅	策划统筹：黄 馨	责任编辑：张春艳
责任校对：王 姝	责任印制：郭 玲	版式设计：于 青
封面绘图：阿 莘	内文插图：唐饮水	

出版发行：时代出版传媒股份有限公司　http://www.press-mart.com

安徽少年儿童出版社　E-mail：ahse1984@163.com

新浪官方微博：http://weibo.com/ahsecbs

（安徽省合肥市翡翠路 1118 号出版传媒广场　邮政编码：230071）

出版部电话：(0551)63533536（办公室）　63533533（传真）

（如发现印装质量问题，影响阅读，请与本社出版部联系调换）

印　　制：安徽联众印刷有限公司

开　　本：710mm×1000mm　1/16　印张：11.75　插页：2　字数：109 千字

版　　次：2018 年 1 月第 1 版　　2020 年 10 月第 3 次印刷

ISBN 978-7-5397-9388-7　　　　　　　　　　定价：25.00 元

袁
珂

袁珂（1916－2001），四川新繁人，国际知名学者、当代中国神话学大师，中国神话学会主席。1950年，他的第一部神话专著《中国古代神话》出版，这是我国第一部较系统的汉民族古代神话专著，由此奠定了袁珂先生的学术地位。之后，袁珂先生撰写了《中国神话传说》《古神话选释》《神话论文集》《袁珂神话论集》《中国神话百题》《神话故事新编》《中华文化集粹丛书·神异篇》《山海经校注》《中国民间传说》《山海经译注》《中国神话传说》《山海经全译》《中国文学史简纲》《中国神话史》《袁珂文艺论集》《中国神话大词典》《巴蜀神话》（合著）以及电影剧本《嫦娥奔月》等20多部著作及800余万字的论文，其中，《山海经校注》获1984年四川省（重庆）哲学社科科研成果一等奖，《中国神话传说词典》获1985年四川省社科院科研成果特别奖，《中国神话史》获1990年四川省优秀科研成果荣誉奖，《中国神话通论》获1994年四川省哲学社科优秀科研成果荣誉奖，《中国神话大词典》获1998年四川省哲学社科科研成果一等奖。

袁珂先生的大多数著作在马来西亚、新加坡以及我国的香港和台湾地区多次出版。在国外，其著作被翻译成俄语、日语、英语、法语、意大利语、西班牙语、捷克语、波兰语、葡萄牙语、丹麦语、荷兰语、匈牙利语、挪威语、印度语、韩语、世界语等多种语言。除了中国，还被日本、美国、新加坡等国选入学校课本。

序 言

袁思成

一

　　神话起源于人类的童年。在远古时期，人类认为世间的万事万物都具有灵性。他们是那样的天真活泼、那样的稚气未脱、那样的真挚可爱、那样的勇敢无畏，对整个天地宇宙充满着好奇与想象，于是，他们运用智慧和想象力，不断地解释世界、解释生活，在创造物质财富的同时，创造了丰富多彩的精神财富。神话就是其中最重要的精神财富，世界上各个国家、各个民族，都有自己悠久而动人的神话传说。

　　众所周知，希腊神话向人们展示出永久的魅力，其神话典故被哲学家、文学家、艺术家等大量引用在作品中，光芒四射、发人深省，成为希腊艺术的土壤——正是从希腊神话中，才产生了辉煌灿烂的希腊艺术。中国神话也不例外，其中包含了众多的神话典故，如《嫦娥奔月》《吴刚伐桂》《牛郎织女》，等等，丰富而壮美。这些典故常常被文学家们引用于作品内，展现出一种积极的浪漫主义精神。

可以说，在任何时代，任何国家和民族的优秀文学艺术，总是需要从神话的乳汁中汲取营养。若是没有希腊神话，欧洲的文艺复兴不一定能绽放出灿烂的花朵。同理，倘若没有中国神话，我国古代也难以出现像屈原、李白那样的大诗人，更不可能出现像《西游记》《镜花缘》那样经典不朽的作品——即使像杜甫那样的现实主义诗人，也经常在诗中运用许多神话典故。如果失去了中国神话，我们的文化艺术一定会变得暗淡无光。

除了对文化艺术产生了深远的影响，神话还具有丰富的美学价值与历史价值，它与远古的人类生活和古代历史有密切关系，是与人类早期的婚姻家庭制度、原始宗教、风俗习惯等有关的很重要的文献资料。可以说，神话是远古人类创造的瑰丽的宝石，是无比珍贵的文化遗产，永远值得少年儿童通过阅读来传承下去。

二

然而，长久以来，在西方世界，作为西方神话代表的希腊神话以体系严明著称——高居奥林匹斯山顶的主神宙斯率领众神统治宇宙。与此相比,中国古代地域辽阔,远古时期的三大民族集团(华夏、东夷、苗蛮)文化不一致,没有形成一个固定的主神和完整统一的神灵体系。同时,中国古代也没有出现荷马、赫西俄德那样的史诗诗人,来整理互不统一的神话传说材料。这样,未经系统整理的中国神话传说资料散见于各种古代典籍之中,整理时往往需要钻进浩如烟海的古籍中查找,弄得人头昏眼花,摸不出个头绪,十分困难。在这种情况下,西方人普遍认为:中华民族是一个没有神话的民族,仿佛天生弱智、缺乏想象!

父亲袁珂先生潜心于神话研究长达60年,是建立中国神话学的主力学者,在神话学资料的收集、整理、梳理、分析、研究、出版以及普及神话学知识方面著述甚丰。西方的这种"贫乏说"的偏颇看法,深深地刺痛了父亲的神经,他深知,中国不仅有神话,而且极为丰富多彩。丰美的神话传说如散珠碎玉,迷失在浩瀚的经史子集中。父亲经营一生,将这些散落的珍珠、玉片用一根根丝线贯穿起来,使中国神话学成为一门既有科学价值又有文学价值的独立学科。

就这样,父亲凭借着精卫衔西山之石以填东海、夸父锲而不舍追逐太阳的精神潜心钻研,硬是将这件看似常人无法办到的事,理出了头绪。他犹如一位高明的考古学家,"用艺术的纯青炉火和大师独具的匠心",将破碎、零散、残缺的珍珠碎玉整理、修补,尽可能地恢复其原貌,将我国从盘古开天辟地到秦始皇时代的神话传说故事熔铸成一个庞大而有机的古神话体系,从而使中国神话可以与希腊神话媲美,屹立在世界的东方,也使"贫乏说"自此消歇!

在父亲看来,中国神话永远有着鼓舞人志气的力量,它不会使人颓废、消沉、动摇,即使在逆境中,也让人看到光明。

三

中国古代神话传说主要是以华夏族(即汉民族的前身)神话传说为中心,吸收了部分东夷、苗蛮的神话传说而逐步形成的。那时没有文字,这些神话传说都是口耳相传,经过千年的发展演变,又不断被后人增添新的内容。

原始人类起初是蒙昧无知的,由于长期的劳动,双手教导头脑,使头脑逐渐变得聪明起来,对大自然所发生的各种现象,如太阳和月亮的运行、虹霓云霞的变幻、风雨雷电的击搏、森林里大火的燃烧,等等,产生了巨大的惊奇的感受。惊奇而得不到解释,便以为它们是有灵魂的东西,把它们叫作神。从这时起,便有了一些解释自然现象的极其简单的神话。这类神话在中国已经不多见了,一个典型的例子就是《淮南子》中记述的"共工怒触不周之山",使"天倾西北,故日月星辰移焉;地不满东南,故水潦尘埃归焉"。

原始人类并不满足于仅仅对自然现象做解释,随之而来的,便是征服自然的神话。由于原始社会的生产力极其低下,人类长期面临生存的压力和与自然做斗争的困难,他们就有了控制甚至压倒自然威力的欲望,开始歌颂用斧子开天辟地的盘古、抟泥土造人和熬炼五色石子补天的女娲、治理洪水的鲧与禹、教人种庄稼的后稷……这些神都是原始人类心目中的英雄,具有超人的神通,同时又是他们亲密的朋友。

原始人类创造了神话,无形中也将自己身上的各种优秀品质灌注在神话里的神和英雄的身上。看哪,那追赶太阳的巨人夸父是何等的豪迈!那用小石子和小树枝去填平大海的小鸟精卫是何等的坚忍!九十岁的愚公要搬去门前的两座大山,说出"儿子死有孙子,孙子又会生儿子"这样的豪放语言,又是有着何等的气概!乃至于舜的仁爱,田章的聪明,李冰的勇敢……所有这些神人的优异的禀赋,也都是勤劳善良的民众固有的美德。就这样,人们按照自己的形貌塑造了神话里值得颂扬的诸神和有神性的英雄们。

此外,在神话中所体现的古代人类的种种幻想,也是一种异常大胆的想象,是对生命的探索,也是勇敢的呐喊。如《山海经》中记载的不死树和不死药,就是试图揭示生命的奥秘,幻想药物可以使人起死回生;《归藏》中记载的"嫦娥以西王母不死药服之,遂奔月为月精",甚至向宇宙也做出了令人惊讶的探索:嫦娥轻身飞举,居然穿过太空,一直上了月宫!现如今,攀登月球已经成为现实;生命的秘密也随着日新月异的科技探索,被逐一揭示,如2003年美国科学界庄严宣布美、英、法、德、日、中6个国家经过13年的努力,共同绘制完成了《人类基因序列图》,并通过DNA来破译生命的密码。现在,人类也可以通过特效药与精细的手术救治垂死的病人,使人类的寿命得到了最大限度的延长。至于神话中所写的成汤时期的奇肱国飞车以及周穆王时巧匠偃师制造的能歌善舞的优人,在古代固然是幻想,但在今天,飞机和各种智能机器人的问世,已让幻想成为现实。

随着科学的发展和进步,古代神话对世间万物所做出的种种解释显得不合时宜,但作为一种艺术,它具有着无比强大的魅力,历久而常新。"一个大人是不能变成一个小孩的,除非他变得稚气了。但是,难道小孩的天真不能令他高兴吗?"神话正是人类在童年时期天真烂漫的幻想,值得我们永远珍惜和铭记。

夏启误国

　　夏朝的第一任君主就是赫赫有名的禹，他的儿子启就是从变为石头的女娇的肚子里生出来的那个男婴。虽然女娇是凡间俗人，但禹是天帝的玄孙，他们的儿子启的身上自然比常人多了一些与众不同的神性。启的相貌非常有特点，两只耳朵上各挂着一条青色的蛇。每次出行，启都会骑在两条飞龙的身上，腾飞的时候，周围的云彩紧紧地围聚在启的身旁，甚至还闪烁着霞光，把他映衬得潇洒极了。他的身形挺拔，面容俊美，他身上的装饰也引人注目，左手握着一把用神鸟的羽毛制成的伞，右手拿着一个玉环，脖子上和身上还戴着精美的玉璜（huáng），更是增添了他的贵气。

　　启有点贪玩，喜欢乘着他的飞龙四处云游，有好几次飞到天帝那里做客。天帝也很喜欢启这个小家伙，就命乐官把天庭中两部旋律最美的乐章《九歌》和《九辩》演奏出来，让启一饱耳福。启听着这如此美妙的音乐，不由得陶醉在其中,闭着眼睛摇头晃脑,忍不住跟着打起了节拍。一曲奏完,启意犹未尽,担心返回人间后再也听不到如此动听的音乐,就偷偷地凭借着自己强大的音乐天分和记忆力,在脑海中记下了每个音符,决定把乐谱带回人间。但是,启又害怕天帝得知自己将天上的音乐泄露出去,降下惩罚,所以就将这两部乐章修改了一番,加入了自己独创的旋律,并给它命名为《九韶》。

回到人间后,启迫不及待地请来了众多技艺高超的乐师,选择了一个有一万六千尺高的地方进行第一次的正式演奏。乐声响起,只听得声如洪钟,音律曼妙,传得很远很远,引得周围的很多百姓驻足聆听,沉浸在如此美妙的音乐中。一时间,仿佛整个世界都静止了,只有乐声在人间萦绕。

由于首次演奏效果很好,启兴致很高,又找了一群会跳舞唱歌的少男少女,用歌舞表演的形式把这首曲子编排成了不仅可以听而且可以看的歌舞剧。这真是新奇极了!人们不仅在听觉上得到了享受,还能在视觉上尽情地观赏少男少女们优美的舞姿,都感到非常开心,纷纷称赞启的才华。

那时候,人间没有繁复动听的旋律,只有一些单调的旧式音乐,而《九韶》的出现彻底改变了人们对于音乐的认识,可以说,启用自己的聪明才智,在满足人们的精神需求上做出了很大的贡献。

然而,世间万事都有一个度,启过度沉迷在自己创作出的非凡的音乐中,简直忘记了身为一国之主需要去承担的责任,整天到处寻欢作乐,宴请手下的臣子和身边的好友,还时刻要求乐师在一旁演奏,用音乐来助兴。甚至,他还饶有兴致地发明了一种模仿蝎子爬行的独腿舞步,叫作"万舞"。这样一来,启在人间举行的宴会热闹非凡,喧哗声响成一片,嘈杂的乐器声混杂着人们发出的阵阵欢声笑语，不止一次地从地面飘到了天帝的耳中。

起初，天帝只是睁一只眼闭一只眼，当成是小孩子的玩闹，没有太在意。但是丝毫没有察觉到不妥的启依旧沉湎在佳肴和酒色之中无法自拔。没有了君主的治理，国家也开始动荡起来，百姓的生活逐渐变得困苦不堪。终于，天帝再也无法忍受这个自己之前非常喜爱的孩子，觉得他越来越不像话了，就决定给他应有的惩罚。于是，在启死了之后，他的五个儿子就因为争夺政权而内斗起来，国运逐渐走上了下坡路，导致夏家的基业最终落在了有穷国国王后羿的手中，一直中断了有数千年之久。

孟涂断案

夏启手下有一个名叫孟涂的臣子，这个人也有一定的神性，会施法术。夏启正是看中了孟涂的本事，就派他到巴蜀这个地方去做官，也就是今天的四川东部。民间经常会发生邻里之间的纷争，百姓就跑到孟涂那里，让他主持公道。孟涂是个很有趣的人，他断案子不听双方的辩词，因为大家都会说自己的道理，难以判断对错，他有自己的独特方法。每当遇到疑难问题，他都闭上双眼像是在冥想，然后做起法术，等他睁开眼睛，发生争执的双方就会有一个人身上显现出血迹。孟涂便下令将这个人逮捕起来，因为他相信鲜血是天帝的明示，是对罪人恶行的揭露。这听起来的确是有点不可思议，但百姓都觉得这个方法比那些草菅人命的昏官断案好多了。

后羿善射

在尧的时代，天上曾经有十个太阳一起炙烤着人间，大地上颗粒无收，百姓生活困苦。后来，一个名叫羿的天神为民除害，用自己的弓箭连续射杀了九个太阳，恢复了人间的正常生活秩序。有穷国国王在小时候就十分敬仰这位天神，又因为自己本身就对射箭非常感兴趣，所以就也给自己取名叫羿。凭借着自己手中的弓和箭，他行侠仗义，对穷困的人倾囊相助，逐渐得到了百姓的爱戴和拥护，最终做了国王。因为"后"有着首领和王者的意思，所以他被后人尊称为后羿。

后羿虽说是一个从普通家庭中走出来的孩子，但是他善于射箭的天赋从出生后不久就显露出来了。据说当他还是个孩子的时候，有一天，他躺在摇篮里正香甜地睡着午睡，屋中的苍蝇却总是不停地围绕在他身边，还来叮他的眼睛，害得他难以入睡。小后羿顺手拿起身边放着的父亲给他用荜(bì)草做的弓箭,不管三七二十一,对着在空中乱飞的苍蝇嗖嗖射去,竟然射死了很多只。周围的苍蝇看到自己的伙伴突然遭到袭击,被这个小家伙吓得魂飞魄散,急忙飞走了。

后羿渐渐长大了,盛夏的一天,正值天气酷热难耐,父母带着后羿上山采药。小孩耐力有限,走到一棵大树下,沁人心脾的凉爽更是让人不由自主地想停下步伐歇歇脚,疲倦的后羿便哭闹着不愿意跟着父母上山,直嚷着要睡觉。父母一时没有办法,只好顺从了他,让他千万不要乱跑。临走的时候,父母反复嘱咐:"这座山上就这一棵树上有蝉鸣声,我们采完药就会循着声音来找你。"小后羿连忙点点头,很快便呼呼睡去。

时间匆匆过去,太阳快要下山了,后羿的父母采完药回来,却发现此时的树林中到处都充斥着聒噪的蝉鸣声,之前的那棵树失去了做记号的作用。后羿的父母心急如焚,慌乱地在树林中到处奔走,喊叫后羿的名字。渐渐地,天黑下来,两口子找了好久却没有得到后羿的回应。道路崎岖蜿蜒,方向难辨,他们没有办法,只好含着眼泪不舍地回了家。之后,后羿的父母并没有放弃,多次上山,希望可以找到后羿,但仍然一无所获。就这样,两口子彻底死了心。

却说小后羿那天醒来后,久久没有等到父母,吓得哇哇大哭,在山上窜来跑去,累得浑身大汗淋漓,最后傻乎乎地坐在路边的石头上抽泣。正好这时一个名叫楚狐父的猎人狩猎完经过这里,看到虎头虎脑的小后羿甚是可怜,急忙走过去蹲下身子,用手擦去他的泪水,问道:"你一个小孩子怎么这么晚还在山上?太危险了!你的父母呢?在哪里住?我送你回家。"小后羿早已晕头转向,结结巴巴地说不清楚。猎人眼看天色已黑,心想这也许是上天的旨意，于是决定把小娃娃收养下来作为自己的孩子。从此，后羿就认楚狐父为义父，与他生活在一起，一天天地长大了。

在和楚狐父生活的十多年里，后羿跟着他学到了一技之长。楚狐父常年生活在山林中，经常遇到猛禽野兽，练得一手好箭法。耳濡目染下，后羿学会了义父身上的所有本领。长大后的后羿心怀大志，总想走出大山到外面闯荡一番，实现自己的抱负。后来义父生了一场重病，离开了人世，孤独无依的后羿再无任何牵挂。他安葬好义父，便整理行囊，准备离开这片他曾经生活的地方。

临出发的时候，后羿心中还惦念着自己未了的心愿，想和自己的父母团聚，但是茫茫大地，十年的变化太大，后羿早已不知家的方向。于是，他决定听从上天的指示。这一天，他拉满弓，扣住箭弦，对着天空口中默念："如果我以后可以用这把弓箭除暴安良，成就大业，请让射出去的箭落在我的家门口。"

说来也奇怪，只见箭一离弦，立刻像被施了法一样掉在地上，接着像小蛇似的在草丛中快速前行。后羿见状急忙跟了上去，跑了很久，来到一座荒废已久的破茅屋前。推开门，只见屋内落满了灰尘，到处散落着破碎的钵罐，墙角结满了蜘蛛网。后羿向隔壁邻居打探，得知这就是自己的家，而父母早已离世。

后羿按按捺不住心中的激动和惆怅，收拾了屋子，哀悼了一番父母。在家中住了一段时间之后，他想：我只有射箭这一一技之长，不会种田也不会织布，困在家中并不是长久之计。于是，踌躇满志的后羿再次背上行囊四处闯荡，并将自己的射箭技艺练得炉火纯青。

　　途中，后羿结识了一位名叫吴贺的射箭高手，两个人相见恨晚，经常结伴而行，后羿勤恳好学，甚至拜好友为师。一天，他们刚好云游到了北方，天空中飞过一只鸟雀，吴贺开玩笑地对后羿说："对准它的左眼，把它射下来。"于是后羿拈弓搭箭，嗖一下射向这只鸟儿。鸟儿在空中发出一声惨叫，扑棱了几下翅膀，最终还是无力地掉了下来。严于律己的后羿走近一看，发现射中的却是鸟儿的右眼，顿时面红耳赤、自觉羞愧，尽管吴贺在一旁不断地加以赞赏，但后羿仍自责技艺不精。凭着这份执念，后羿日日加紧练习，箭艺越发厉害，直到百发百中，从不失手。他还竭力帮助身边的穷人，伸张正义，除暴安良，逐渐得到了越来越多的百姓的拥戴，最后成了有穷国的国王。

后羿之死

当时天下皆归顺于后羿，众多诸侯里只有一个叫伯封的不愿意服从于他。这伯封不仅相貌丑陋，而且性格非常暴躁，天生长着一张猪脸，又黑又胖，满面油光，让人望而生畏，不敢靠近；再加上他的父亲就是先前在尧手下当乐官的夔，他更是狗仗人势，欺凌霸道，扰得附近百姓不得安宁，人们出于厌恶，给他起了一个绰号叫"大野猪"。

后羿见伯封不听指令，认为自己的威严受到了明目张胆的侵犯，不利于对国家的管理，于是起兵征伐"大野猪"。令后羿没有想到的是，"大野猪"也不是省油的灯，武艺高强，本领过人。后羿费了很大劲，经过持久而激烈的战斗，才终于凭借自己卓越的箭术把伯封一箭击毙。

附近围观的百姓看到"大野猪"被杀，一个个都高兴得手舞足蹈，其中却有一个女子面色凝重，在欢乐的人群中显得非常扎眼，一下就被后羿注意到了。原来这个女子叫玄妻，是伯封的母亲，长得非常漂亮，一头乌黑亮丽的头发在太阳下熠熠生辉，动人的双眸让人过目不忘，人们给她起了一个绰号叫"黑狐狸"。眼看自己的儿子被人杀害，她那忧伤的神情更是让人心疼。后羿被玄妻迷得神魂颠倒、无法自拔，非要迎娶玄妻为自己的妃子，全然不顾她的身份。大臣们极力反对，怕后羿招来杀身之祸，但后羿固执己见，听不进任何反对意见。玄妻作为刚刚遭遇国破家亡的一个弱女子，无力反抗，只好佯装顺从了后羿，进入王宫，心里却开始暗暗筹划着自己的阴谋。

玄妻知道自己的力量微弱，需要找到一个心腹，里应外合，才可成功。正好当时从遥远的寒国跑来一个贵公子，投奔后羿。这个贵公子名叫寒浞（zhuó），为人诡计多端，狡猾奸诈，寒国的君王刚正不阿、不听谗言，完全不理会他。寒浞虽有野心，但在国中一直不被重用，便来到了有穷国。后羿被寒浞的花言巧语和彬彬有礼的气质所蒙蔽，没有看穿寒浞的伎俩，反而对他委以重任，让他做起了宰相。国中的大臣纷纷反对，这下可惹怒了后羿，一干贤臣全都被削减了权力。从此，后羿把国家的重要大事都交给寒浞处理，自己整天无心朝政，只知道带着一帮随从、侍卫到旷野上巡游打猎，荒废时光，国家被搅得人心涣散。

玄妻时刻没有忘记自己担负着一雪前耻的重任，寒浞的出现让她看到了契机，加上寒浞身在要位，一心想窃取国王的宝座。两个人都心怀鬼胎，索性一拍即合。于是，他们经常趁后羿离宫打猎的空隙在后宫厮混，共同筹谋杀死后羿的计划。

寒浞在朝中拉拢人心，逐步培养了自己的势力，而一心想着玩乐的后羿却毫无察觉。寒浞明面上不断纵容后羿，让他开心快乐，背地里却勾结玄妻,在宫中制造事端。后羿每次回宫都疲惫不堪,还要打起精神去处理这两个人制造的各种麻烦,久而久之,后羿特别容易发火,脾气越来越大,使得身边的侍卫个个怨声载道,寒浞就趁机把这些人都拉拢过去,不久,后羿的心腹大部分都变成了寒浞的心腹,一场阴谋逐渐展开。

一天,后羿带着侍卫从野外返回,途中,只听见从路边的树丛中传来嗖的一声,一支箭直直地飞出,直接射中了后羿的脖子左侧,紧接着,又有几支箭嗖嗖地飞来,全都射中了后羿的要害部位。身负重伤的后羿血流不止,眼前发黑,身体再也无力支撑,从马背上重重地摔了下去。侍卫们看到国王受了重伤,早已人喊马嘶乱成一片。寒浞带着自己的心腹武士,从旁边的树林里冲出来。在短短的时间里,将后羿乱棍打死。就这样,后羿死在了这场筹备已久的阴谋中。

寒浞凯旋后,在众人的拥护下做了新的国王,玄妻也报了仇,做了寒浞的王后。后来,玄妻给寒浞生了两个儿子,分别取名叫浇和豷(yì),他们天生具有神力,让人惧怕,据说古代战士们穿的铠甲就是其中一个叫浇的儿子发明的。

百姓和大臣们原以为新的国王会勤政爱民,让他们再次过上好日子,没想到,新国王穷凶极恶,他的两个儿子目无法纪,欺凌众臣,人们的心中再次积攒起怒火。百姓们知道,只有换一位贤能的国王才能过上好日子,于是他们费尽千辛万苦,找到了流亡在远方的夏国国君启的孙儿少康。少康品行端正、谦逊爱民,凭借着自己足智多谋的军事才能和巧妙的作战计划,用自己有限的兵马和人力,在百姓的拥戴下,趁势带兵发动战争,没过几年就灭了有穷国,再次复兴了夏家的王朝伟业。

昏王孔甲

夏朝的基业在少康的手中发展得越来越好,王位一直传了七八代,传到孔甲手中时,国运就开始逐渐衰败下来。孔甲不是一个好君王,即位没多久就开始沉湎于酒色玩乐之中,还痴迷于怪力乱神,整天对国事不闻不问,整个国家被他治理得乌烟瘴气,孔甲却不以为然。

孔甲喜欢到东阳萯(fù)山打猎,每次都车马奔驰、声势浩大。恰好这座山是吉神泰逢的居住之所,泰逢经常被孔甲的人马搅扰得不得安宁,于是决定给孔甲一点颜色瞧瞧。

有一次,孔甲又像往常一样来打猎,泰逢听到山中有动静,立马腾空望见孔甲正带着侍从向山中前行。接着,他手一挥,一道金光从袖口闪出,山中的沙石瞬间在空中盘旋飞舞,让人不敢睁眼,天空也昏暗下来,孔甲等人完全辨不清方向。在慌乱之中,孔甲和随从纷纷走散,最后只能带着零星的几个贴身侍卫跑到一个山沟里避难。还没等孔甲缓过神来，只听远处一间茅草屋里传出了婴儿的啼哭声和大人的嬉笑声。孔甲整理好衣服，走过去一看，才知道这户人家刚才添了一个男孩，邻居们正在纷纷道喜祝贺。

孔甲透过木窗见到这个娃娃十分可爱，顿时忘记了刚才遇到的麻烦，乐呵呵地走进屋，也向主人道喜。沉浸在喜悦中的人群里忽然传出一声惊呼，想必是有人认出了孔甲，大声喊道："国王来了！"屋里的人大惊失色，纷纷向孔甲跪拜行礼。邻居们都七嘴八舌地说道："这娃娃一出生就看到了君王，肯定会受到神权的庇佑，多福多寿，真是太好了！"孔甲听到这话，心中一阵窃喜。这时，却有一个不识趣的邻居满脸愁容地说道："那也不一定，孩子一出生就见到了如此尊贵的人，占了一辈子的运气，说不定以后会遭殃啊！"孔甲听后非常生气，便下定决心认这个孩子为义子，带回宫中亲自抚养。他对众人说道："是好是坏，自会有结果。这孩子跟着我一起去过帝王家的生活，一生荣华富贵，高高在上，看谁还能让他遭殃?！"

就这样，这个孩子被孔甲带到了宫中，过上了锦衣玉食的生活。孩子逐渐长大，生活一帆风顺，并没有遭到先前那个邻居所预言的不幸，孔甲则心生欢喜，享受着可以操控他人命运的权势。然而，正当他准备给义子封个官做做的时候，传来了不好的消息。原来他的义子在武房里练武时忽然刮起了一阵大风，也许因为年久失修，挂着沉重幕帘的房椽子被吹得左右晃动，忽然掉了下来，恰好砸到了正下方的兵器架，把架子上一把锋利的战斧弹飞了出去，又刚好不偏不倚地砍在惊慌失措的孩子的腿上。原本就没什么学问和特长的义子，现在又成了残疾人，也没有办法做官了。

孔甲只是把这孩子抚养长大，却没有他好好地教育他，到头来这孩子一无是处，最后只能去做了一个看门人。孔甲越想越愧疚，感叹命运难以掌控，便哼着小调抒发心中的不快，最终传唱成一首歌曲，被后人称为《破斧之歌》。

除了到处游山玩水，孔甲还非常喜欢养龙。传说孔甲的宫中圈养着两条飞龙，一雌一雄，孔甲虽然喜欢龙，却不懂这种动物的习性和生活习惯；宫中专门负责养龙的人做出的东西，也不符合龙的胃口。眼看这两条龙日渐消瘦，孔甲非常焦虑，到处差人在民间找寻有养龙经验的人。

消息一出，全城的街头巷尾都在谈论着这件事。然而，谈论归谈论，龙本是珍奇动物，见过的人几乎没有，更别说养龙了。招纳养龙人才的告示贴出去很久，也没有一个人前来尝试，眼看着两条龙整天无精打采的，孔甲也心灰意冷了。

一天，一个叫刘累的人看到告示，心花怒放。原来，刘累原是尧的后代，先前一直家境殷实，养尊处优，没有什么生存手艺，后来家道中落，不得已，他去豢（huàn）龙氏那里学了养龙这项稀缺的本领。豢龙氏是养龙世家，祖先曾在舜在位的时候专门做养龙的官。刘累在豢龙氏那里没待多久，只学了一点皮毛。看到告示，急功近利的刘累心想：这真是一次翻身的好机会，从此我就可以过上好日子啦！于是，他匆匆收拾了行囊，便入宫去面见君王。见到孔甲后，刘累急于表现自己，口若悬河，自吹自擂。孔甲听了他的一番话，信以为真，立刻赐给他一个名号叫"御龙氏"，非常放心地把养龙这件事交给了他。

刘累这个人好高骛远，胸无大志，刚被封了官，整个人就飘飘然起来。

他在养龙方面根本就是一知半解，也不去自行钻研，在宫中过着安逸的生活，虚度时光，至于龙的生活状况，刘累从没放在心上。有一天，刘累漫不经心地去龙池探查，惊讶地发现雌龙早已死去，躯体已经僵硬，雄龙也毫无生气地匍匐在雌龙旁边。

闯下这样的大祸，刘累不慌不忙，反而自行拿刀把死掉的雌龙剔除鳞甲，将龙肉剁成肉泥，在锅中蒸成美味献给孔甲。孔甲细细品尝，发觉味道鲜美，浑然不知口中吞咽的肉正是自己的爱龙，还不停地夸赞刘累体贴入微。

不久以后，孔甲想念自己的爱龙，多次催促刘累把龙带出来给他看看。刘累便拉出雄龙来勉强应付，让它耍耍把戏，逗君王一乐。孔甲每次提出想看看雌龙，刘累都以"雌龙身体需要调养"之类的理由搪塞了过去。然而，纸包不住火，孔甲逐渐察觉到异常，多次逼迫刘累放出雌龙，眼看再也瞒不下去了，刘累赶紧收拾好君王先前赏赐的钱财，连夜带着家人灰溜溜地逃到鲁县(今河南省鲁山县)躲了起来，再也没有出现过。

孔甲得知真相，勃然大怒，但刘累已经逃跑，眼下当务之急是找到一个真正会养龙的人，让活着的雄龙重新焕发容光、恢复本来的英姿。正当孔甲一筹莫展的时候，一个名叫师门的养龙人被推荐入宫。经历了刘累的欺骗，孔甲对眼前的这个人半信半疑，但会养龙的人才难以寻觅，他只好决定让师门试着饲养一段时间再说。过了数天，孔甲去龙池看望雄龙，刚一进门，就看见站在大殿中央的师门口中念念有词，雄龙按照师门的指令，在半空中舒展着肢体，昂首穿行在屋梁之间。孔甲看到自己的雄龙变得精神抖擞，高兴地站在门口拍手叫好。

　　从此，孔甲对师门刮目相看，师门原本可以凭借着自己的才能飞黄腾达，但偏偏他性格孤僻、脾气暴躁，不仅不懂得如何取悦君王，还经常因为养龙的琐事顶撞孔甲，驳斥孔甲在养龙上面的幼稚想法，让孔甲非常难堪。

　　对孔甲来说，养龙本是个爱好，图个开心而已，现在却因为养龙，经常被师门惹来一肚子气，孔甲心里对师门十分不满。终于，孔甲实在忍无可忍，在师门又一次顶撞自己的时候，下令把师门拖出去砍了脑袋。师门被拖出去之前，扭头向孔甲哈哈一笑，说："砍脑袋又有什么用呢？你还是输了！"说完，师门便昂首挺胸地大步迈出门去。

　　孔甲杀了师门后，内心不安，总是疑神疑鬼，担心师门的魂魄会在宫中作怪。于是，孔甲下令把师门的尸骸埋在离城池很远的荒郊野地。仿佛应了孔甲心里的忧虑，师门的尸首刚被埋入土里，天上就立刻电闪雷鸣，风雨飘泼，就像是师门在冤屈地嘶吼，扰得人心不得安宁。风雨刚刚停歇下来，附近的树林就莫名其妙地燃起熊熊烈火，火焰逐渐蔓延，火光把天空照亮，大火根本没法遏制，周围的人吓得仓皇而逃。远在宫中的孔甲把这一切看得清清楚楚，他感到非常恐惧，心想：看来只能亲自前往祈祷，替师门安魂，才可以平息这场灾祸。果然，孔甲带着人马在师门的下葬处做法事并祈祷，树林里的火苗就慢慢地熄灭了。孔甲这才松了一口气，祈祷完后就回宫了。当车马抵达内宫准备下车时，随行的侍卫掀开车帘才发现，孔甲双眼凝视着前方，身体一动不动，已经死了。这也许是因为师门根本就没有原谅君王对他的冤杀。

夏朝与龙

　　龙在我们心中是一种充满了幻想和神性的动物，我们从没有见过。传说龙和夏朝有着千丝万缕的关系。据说，大禹在治水的时候，得到了龙的帮助，才顺利完成了大业，后来天上飞下两条神龙对大禹表示祝贺。舜在位的时候，南浔国的人在地上挖东西的时候发掘出两条飞龙，一雄一雌，既可以腾云驾雾，也可以在水中遨游，南浔国的国王就把它们当作吉祥之物献给了舜，舜退位后就把这两条龙送给了大禹。孔甲对龙如此痴迷，却间接地死在了养龙这件事上。

乘火飞升

　　师门的师父啸父是一个身怀奇异技能的神人。据说啸父在市集上帮别人补鞋子补了很多年，却从没有人发现过他的才能，真可谓是真人不露相。啸父具有乘火升天的本领，他把这个技能传给了他的弟子梁母和师门，然后独自去了三亮山，在山上燃起了几十堆篝火。火光越来越亮，啸父就在这熊熊燃烧的火焰中慢慢地升天了。

夏桀王无道

　　孔甲死了之后，很快就有人接替了他的王位，这个人就是历史上有名的夏桀王。夏桀王外表看起来相貌非凡、身形魁梧，而且武艺高强，民间传说他可以徒手在地面上与老虎、野狼搏斗，能空手把鹿角折断，入水可以斩杀蛟龙。但是他的荒淫无道注定他成不了一个好的君王。

　　传说，夏桀王为了给自己建一个可以玩乐享福的场所，差人在民间大肆搜刮百姓的钱财，征集了很多劳力，修建了一座非常豪华气派的宫殿。由于宫殿很高大，站在顶端甚至可以看见云彩在周边环绕，仿佛置身在仙境中一般，所以取名为"瑶台"。瑶台的建造，让百姓受尽了苦难，弄得民不聊生，怨声载道。夏桀王却不管这些，瑶台建成之后，他在瑶台里添置了很多奇珍异宝，请了很多乐师天天在瑶台里奏着靡靡之音，一心想着和身边的纨绔子弟、美女以及耍把戏的艺人在里面过吃喝玩乐的颓废生活。

夏桀王在位时非常贪恋美色，为了博取妃子们的欢喜，做了不少荒唐的事情。当时，他的身边有一个宠妃叫妹（mò）喜，妹喜任性刁蛮，而且有个奇怪的癖好——喜欢听到绢布撕裂时发出的声音。绢布非常名贵，通常是君王拿来用作赏赐的东西，夏桀王却毫不吝啬，差人把宫中各种样式和颜色的绢布都拿出来，命令仆人一匹匹地撕给妹喜听。不仅如此，妹喜还喜欢调戏众人以获取快乐。夏桀王为了让妹喜开心，就发明了一个游戏。他吩咐匠人在瑶台大殿的中间挖了一个大水池，里面注满了美酒，自己带着爱妃驾着小船摇曳在酒池中央。成百上千的仆人趴在酒池的边沿，就像老牛饮水一样伸着脖子做好饮酒的准备，只听一声鼓响，众人在酒池中大口大口地喝起来。经常有人不胜酒力，喝得酩酊大醉，就扑通一声栽进酒池淹死了。每当看见这样的场景，夏桀王和妹喜都开心得合不拢嘴。

夏桀王不仅喜欢美女，还把他人的性命当作草芥。当时后宫佳丽三千，其中有一个面容秀美、身材姣好的宫女怀有绝技，在生气的时候可以变成一条凶神恶煞的巨龙，吓得大家都不敢接近。夏桀王却被美色蒙蔽了双眼，一心对她百般呵护，况且这个宫女还能预言未来的吉凶祸福，更是让夏桀王欢喜不已，被他爱称为"蛟妾"。蛟妾每天都需要吃人来给自己补充体力，夏桀王就命令侍卫逮捕仆人和百姓，杀害后按数供给，残忍至极。

在昏庸残暴的君王的统治下，朝中的贤臣常常因为敢直谏而被处死，弄得人们敢怒不敢言，国家像是一盘乱沙，人心涣散。

当时朝中有一个叫关龙逢的臣子，多次因为夏桀王的腐朽荒淫而直言相劝，希望君王能重振朝纲、以身作则，但夏桀王根本听不进去。有一次，夏桀王和宠妾们在酒池玩乐，正当兴致高昂的时候，却见关龙逢不顾门口侍卫的阻拦,直接闯入殿中进谏。夏桀王被他坏了兴致,恼羞成怒,把关龙逢囚禁并处死在狱中。

当时还有个叫伊尹的臣子,眼见正直的大臣被君王冤杀,心中悲痛万分。伊尹原是商汤王的臣子,因为长期不被重用,为了施展自己的抱负,不辞辛苦地来投奔夏桀王,做了一个掌管宫中膳食的小官。没想到夏桀王如此昏庸无道,伊尹感觉之前的理想全部落空,一腔怨气无处发泄。一天,夏桀王在瑶台宴请众臣,正当君臣举杯狂欢的时候,伊尹愤怒地举起酒杯对夏桀王说道:"君王如今不理朝政,国家已经岌岌可危,若再不听为臣的劝告,国家最终会灭亡的。"夏桀王听了之后一怔,随即勃然大怒,想降罪于伊尹。身边的大臣们见状,赶紧起身替伊尹说话,夏桀王仔细一想,他的话也有一定道理,就干笑两声,搪塞道:"你又在小题大做了,我的国土就像是天上的太阳,是永远不会灭亡的!你就不要杞人忧天了,还是好好喝酒,享受这美好的生活吧。"

伊尹感叹自己的力量微弱,难以说服固执的君王,一味的劝告只会招来杀身之祸,于是沉默着不再说话。宴席结束后,伊尹独自徘徊在回家的路上,满心忧愁,深夜的月光更是增添了伊尹的孤寂。忽然,伊尹注意到身边不时地走过一些醉酒的百姓,嘴巴里哼唱着旋律很短的民谣。伊尹被这奇特的词调吸引,竖起耳朵仔细地聆听:

为何不投奔亳地?

为何不投奔亳地?

亳也就够大的啦!

伊尹听得似懂非懂,正当疑惑不解的时候,身边的一座房子里又飘出来另一首歌曲,这首歌的旋律似乎比刚才的那首还要悲壮:

醒来啊! 醒来啊!

我的命运确定了!

抛掉黑暗,追求光明,

哪还有什么忧愁不快乐?

一路走过去,街头巷尾,闪烁着幽幽灯火的窗子里,男男女女都在传唱着这些歌曲。这些旋律在伊尹的脑海中挥之不去,心中的结忽然解开了。夏朝的百姓生活困苦不堪,一心都想到汤王的都城亳开始新的生活,自己虽没有在汤王那里得到重用,但汤王毕竟是一个明君,夏桀王的天下已不再稳定,民心涣散,在这里就算做了高官又有什么用?于是,伊尹回到家中,毫不犹豫地收拾行囊,连夜匆匆地赶到亳去了。

无独有偶,弃暗投明的大臣远不止伊尹一个。夏桀王的心腹费昌长期在君王身边办事,夏桀王的荒唐和昏庸早就让费昌心中积累了诸多不满。一天,费昌遵命外出替君王办事,走到黄河边的时候,发现天上有两个太阳,一个在东边,金光闪闪,红通通的,旁边还有祥云簇拥,美丽极了;另外一个在西边,暗淡无光,灰蒙蒙的,在乌云间若隐若现,毫无生气。费昌心想:自古以来就有着"天无二日,人无二主"的道理,天空中出现两个太阳,肯定是上天在启示人间。正当他迷惑不解的时候,黄河的水神河伯刚好路过,河伯看出了费昌的思虑,笑呵呵地说道:"这个很简单,你想想,现在最强大的就属夏和商了,东边的太阳就是商汤王,西边的那个才是夏桀王。"费昌这才恍然大悟,原来夏朝真的大势已去,商汤王深得民心,自有上天庇佑。费昌办完事情返回朝中之后,就像伊尹一样,匆忙携带家中老小,直奔汤王那里去了。

桑树之子

伊尹因为不得重用，往返奔波于夏、商之间，最终还是由于夏桀王的荒淫而选择回到了故乡，回到了汤王的身边效力。说到起初不被汤王重用的原因，这与伊尹的身世和相貌也脱不了干系。

伊尹出生在一个东方的小国，叫有莘国。许多年前，有一个怀有身孕的女子在伊水的岸边独自生活，日出而作，日落而息，生活得还算比较惬意。一天晚上，女子干完活儿后倍感劳累，回到家后很快就进入了梦乡，迷迷糊糊之中，一个衣袂飘飘的仙人从梦境中浮现出来说道："当你看到舂米的石臼里流出了水，就赶紧向东走，千万不要回头。"说完，仙人消失了。女子惊醒，却发现只是一个梦，并没有放在心上。

第二天，女子依旧如往日一样起床干活儿，当她在棚子下舂米时，忽然发现石臼里渗出了水。女子见状，脑海中立刻浮现出昨晚梦中仙人的明示,感到非常蹊跷,忙把这件事告诉了身边的邻居,然后收拾行装,按照仙人的说法独自向东走去。半信半疑的邻居们面面相觑,其中有的人为了避免不必要的灾祸,决定听从女子的话,也跟着向东走去。

女子走了很久,背后到底发生了什么事情,她毫不知情。然而,她终于还是因为惦念着自己的家乡和没有跟随而来的乡亲们,没有克制住内心的好奇,违背了仙人的指点,偷偷地回头看了一眼。此时,身后的场面让女子瞬间目瞪口呆——她的家园以及走过来的路已经被一望无际的大水所淹没。女子一回头,原先还算平静的水面就忽然掀起了巨浪,恶狠狠地向女子扑来。女子吓得举起两只手,想呐喊狂呼,但只听到女子的嗓子里发出水流的咕噜咕噜的声音,接着她便在一瞬间幻化成了一株空心老桑树。由于这棵桑树高大挺拔,减缓了洪水的流速,水也就慢慢退了下去,跟着她一起逃难的乡亲们得救了。

几个月后,一个采桑的姑娘经过老桑树,听到粗壮的树干中传出一阵阵婴儿的啼哭声。姑娘循着声音从树干的缝隙中望去,看见里面有一个全身皮肤泛着红光的胖娃娃。小家伙手脚特别有劲,在狭小的空间里摇手蹬腿,不一会儿就把树干蹬出一个大口子。姑娘惊喜地把娃娃从树干中抱了出来。周围的人看到后纷纷跑了过来,惊呼道:"这个小家伙居然还活着!这正是那女子的孩子啊!"

听闻孩子母亲的故事后,采桑的姑娘感觉这个娃娃的身世非常神奇。由于自己没有精力来养育一个孩子,姑娘通过各种渠道,把孩子献给了有莘国的国君,希望他有个好的成长环境。

国君知道这个孩子的来历后,一时间不知如何处置,就先托付给御膳

房的厨师们来抚养。日子一天天过去，国君也就把这件事忘记了，这个孩子也慢慢长大。孩子在御膳房中成长，天天与美食相伴，耳濡目染，自然也可以烹调出一手好菜。他不满足于只掌握一门技能，于是找了许多书来读，勤勉好学、博闻强识，逐渐引起了国君的注意。他的学识和才华得到了国君的认可，被任命做了公主的老师。因为他的母亲活着的时候就居住在伊水边，他又凭借着自己的能力做了"尹"的官职，人们便亲切地称呼他为"伊尹"。

伊尹成年后一直胸怀大志，想发挥自己的才华，为自己的国家奉献自己的力量，但他一直没有被有莘国国君重用。此时商汤王是一名贤君，他的名声早就传播四方。汤王有次带领人马前来东方巡视游玩，经过有莘国的时候特意拜访了该国国君，却无意间发现了美丽贤惠的公主。汤王对公主暗生情愫，想迎娶公主作为自己的妻子。有莘国的国君早就了解到汤王的贤明和品性，便毫不犹豫地答应了。伊尹仿佛看到了机会，赶忙向国王申请作为公主的陪嫁臣子，一起前往殷国。有莘国的国君本就不怎么重视这个生在水边桑树里、脸上不长眉毛和胡须的怪孩子，便爽快地答应了他的请求。

伊尹本就其貌不扬，身材矮小、皮肤黝黑，在公主的随嫁人马里，根本不会引起别人的注意，汤王听说他厨艺不错，就差遣他在宫中的御膳房里给师傅们打打下手。伊尹没有怨言，努力展现自己的厨艺，做出的美味佳肴深得汤王和大臣们的喜爱，每次都会引来一阵称赞。汤王很高兴，便召见了这个青年厨子。伊尹好不容易得到了和汤王单独见面的机会，自然不会轻易放过，在与君主畅谈时，伊尹从山珍海味讲起，一直讲到治国平天下的国家大事上去。汤王感觉到了伊尹的博学多识和真知灼见，但也仅仅觉得他与其他厨师不同而已，并没有予以重用。原本以为自己快要成功了的伊尹再次梦想落空，久而久之，伊尹心生委屈、心灰意冷，便去投奔了夏桀王。谁知夏桀王是个任意妄为的昏君，思来想去，伊尹还是回到汤王那里去了。

殷商崛起

　　传说殷民族的先祖契是吞了燕子蛋而受孕的简狄所生。契天生具有神性，长大后帮助大禹治水，因为其能力非凡，舜对他赞赏不已，不仅封他做了一个负责教育的官，还在商这个地方划出了一块地赏赐给他。又往后传了很多代，汤王在位时推翻了摇摇欲坠的夏王朝，建都后给自己的国家封了国号叫商；又往后传了十多代，到了盘庚在位的时候，这个民族迁都到了一个叫殷的地方，改国号为殷，所以殷也就是商。

　　从汤王往前推六七代，那时候殷民族还在草原上过着居无定所的游牧生活。那时候的王叫亥，非常善于饲养牲畜，在畜牧业的发展上勤奋钻研。百姓们都纷纷向亥学习，把自己的牛羊喂得膘肥体壮，整个草原上满眼都是牛羊，百姓们的生活也过得和美惬意，便尊称他为王亥。

　　眼看着草原上的牛羊越来越多，远远超过了人们的需求和喂养的能力，王亥叫来了自己的弟弟王恒，说出了一个好办法："在我们的北方有个叫有易国的部族，他们的农业资源非常丰富，这正是我们所稀缺的，为什么不用我们多余的牛羊来换取他们的农作物和种植经验呢？"王恒听后，眼前一亮，拍手称好。两人商议一番，便带着一队人马，赶着牛羊，浩浩荡荡地向有易国行进。

两国之间隔着一条黄河，黄河水奔腾汹涌，空中弥漫着水汽，让人心惊胆战。正当两兄弟带着牛羊站在河边发愁时，水神河伯恰巧经过这里。好在河伯平时和两国国君的关系都非常要好，听闻王亥兄弟准备和有易国的国王绵臣进行资源互换，以促进两国更好地发展，河伯非常愿意成全他们。只见河伯浮在滔滔的江水上面，手一挥，只听呼的一声，河水在王亥兄弟的面前逐渐向两侧退去，露出了一条大道，直通对面的河岸。就这样，王亥兄弟谢别河伯，顺利地过了河，很快就抵达有易国的城门口。

守门的侍卫见有大队人马前来，赶紧禀报国王。绵臣一看是邻国的友人，欣喜不已，不仅亲自出城迎接王亥兄弟，还嘱咐下人烹调了美味佳肴慰藉兄弟俩奔波的劳苦。兄弟俩受到了贵客般的待遇，每天都酒足饭饱，还能欣赏到有易国动人的歌舞，这种生活远远比草原上住得舒适，于是兄弟俩一住就是好几个月，还都胖了一圈。

所谓夜长梦多，很快，兄弟俩就惹出了事来。原来，这有易国的国王绵臣岁数本来就已经很大了，体弱多病，却娶了一个年轻风流的女子做王后。王恒也恰好是个风流成性的公子哥，不像哥哥王亥那样憨厚老实，多次在私下里对王后甜言蜜语、眉来眼去，没几下子，就俘获了王后的芳心。

可是王后也不是省油的灯，花言巧语的男人见得多了，就没有了新鲜感,反而王亥的阳刚粗犷更让她心动。王亥身姿魁梧,两只眼睛炯炯有神,不善言辞,却显得非常稳重。每次在一起吃饭的时候,王亥总是直爽洒脱,吃起肉来大快朵颐。除此之外,王亥也并不是一个粗人,总是抽出时间细心照料跟随着他的牛羊,也常常皱着眉头对一些不熟悉的野生植物进行研究。这种既细腻又威猛的品质,一次次地击中了王后的内心。王后开始对王亥展开热烈的追求。起初,王亥还介怀和绵臣是多年的好友关系,故意回避和王后的正面接触,但时间久了,面对着这样一位美丽妖娆的女子,憨实敦厚的王亥也很快就沉醉在甜蜜的爱情里了。

王亥天性放荡不羁、无拘无束,如今更是失去理性,在好友绵臣的宫中居然毫不避讳地和王后出入成双,完全没有顾虑到周围人的感受和可能产生的后果。久而久之,宫中的很多仆人都知道了他们之间的关系,只有可怜的老国王绵臣因为忙于国事,无暇他顾,被蒙在鼓里。

得知自己的哥哥抢走了自己心爱的女人,王恒心中很不是滋味,对哥哥又怕又恨。每当哥哥和王后嬉笑着在自己眼前出现的时候,王恒的胸中都燃烧着愤怒的烈火,但表面上只能勉强挤出生硬的苦笑。这种嫉妒、憎恶和仇恨交织在一起的复杂情绪,逐渐在他心中酝酿出杀意。然而他有心无力,只能整天借酒浇愁,渐渐地和哥哥疏远了,直到有一天,王恒无意间从仆人的私下谈论中窃听到了王后以前的情史。原来绵臣身边有一个年轻的侍卫,体格健壮,武艺高强,在王氏兄弟来到有易国之前,王后和这个侍卫一直关系密切。现在,王后整个身心都放在王亥身上,侍卫心中也像王恒一样,产生了不可遏制的愤怒之情。

敌人的敌人就是朋友,王恒找到了这个侍卫,他们仿佛找到了知己,相互吐露心中憋屈的苦水,很快成为很好的朋友,结成了坚实的联盟。他们决定分工合作,王恒负责侦察哥哥的行踪,侍卫由于身手敏捷,自愿承担了刺杀王亥的任务。

终于有一天,王亥和侍卫们在外狩猎野餐,回到宫中的时候已是深夜。带着几分醉意的王亥忽然想到了美丽的王后,于是刻意支开了身边的侍卫,独自一人前往王后的宫中。跟踪在他身后的王恒发现时机来临,便匆匆赶去告诉了那名侍卫。侍卫认为报仇雪恨的时刻来了,二话不说,穿上夜行衣,拿起一把锋利的闪着寒光的斧头,轻身一跃翻过了围墙,径直朝王后的行宫方向奔去。此刻,喝醉了的王亥已经在王后的床上呼呼地睡着了。侍卫借着窗缝中透出的微弱的光,看到王亥打着鼾睡在王后的身边,顿时气得脸色发青,一脚踹开房门,还没等王后反应过来,就抡起了斧头砍死了王亥,王后登时吓得昏了过去。

嘈杂声惊醒了门外夜巡的宫女和护卫,大家纷纷围了过来,没费多大力气就把这个侍卫抓住了。在仔细的盘问下,侍卫老老实实地交代了事情的来龙去脉。老国王绵臣此时已经气得说不出话来,浑身瑟瑟发抖;跪在一旁的王后也吓得魂飞魄散,连声求饶。老国王一脚踹开王后,声嘶力竭地下令将这些外族人驱逐出境,并没收他们所有的牛羊。

王恒狼狈地逃回了自己的国家,为了掩盖自己在有易国的丑陋行径,狡猾的王恒编造了一个谎言,瞒过了草原上同族的子民。殷民族的百姓不明事实,都以为是有易国欺人在先,不仅夺走了他们好意相送的牛羊,还残害了英勇的王亥,便纷纷拥戴王恒成为新的国王,期待他为逝去的君王报仇。

但是王恒心中明白，战争一旦爆发，自己的谎言就会被拆穿，那时自己就真的走投无路了。于是，王恒向子民们建议与有易国进行和平谈判，又费了九牛二虎之力安抚大家，逐渐使大家的怒火平息了。接着，王恒再次来到了有易国。虽然绵臣心中的余恨还没有消除，但是殷民族的强大也让他有所忌惮，于是以迎接国王的待遇再次款待了王恒。

经过协商，绵臣答应了王恒提出的要求，将先前没收的钱财和牛羊如数归还。可王恒在有易国过惯了好日子，不喜欢整日勤政治国的枯燥生活，他想，现在自己拥有了这么一批丰厚的财产，为何不在这长期生活下去呢？于是王恒独自在异国纵情享乐，再也没有回到自己的草原。

殷族人苦苦等待着王恒，过了好几年也不见他的踪影，认为王恒肯定是在有易国遭遇了变故。国不可一日无主，何况还有两位君王的仇没有报，百姓们纷纷拥戴王恒的儿子上甲微继承王位，成为新的君王。上甲微虽然年轻，却胸怀大志，不仅一心想着振兴国业，还不忘替父亲报仇雪恨。

上甲微即位不久，便整顿军队，骑着战马，带领将士们浩浩荡荡地渡过黄河，向有易国杀了过去。殷民族毕竟是草原上的民族，天性勇猛威武，吓得绵臣乱了手脚。这次进攻来得突然，有易国根本没有来得及做好迎战的准备，只在慌乱之中凑了一些人马出城作战。临时上阵的有易国军队怎么能敌得过草原彪悍的铁骑？没几个回合下来，有易国就被攻克了。上甲微带着属下把有易国寻了一个遍，也没有找到父亲的身影，想必这个荒唐的王恒早已在人群中被误杀了吧。

殷民族取得了胜利，满载荣誉回到了草原。水神河伯听闻了这场战事，赶紧前来探望老朋友的故土，只见城中萧瑟衰败、毫无生气，和之前的繁华形成了鲜明的对比。河伯不禁打了一个寒战，心中顿生痛苦。为了帮助有易国延续血脉，河伯把城中幸存下来的有易国百姓聚在了一起，双手一挥，闪过一片金光，有易国的人瞬间就变了模样，成为另外一个民族，搬到别的地方去居住了。这个民族被后人称为摇民，也叫作嬴民，据说人人都长着一双像鸟一样的脚，是后来秦国人的祖先。

上甲微取得胜利之后，重振家业，殷民族逐渐国运昌盛，成为东方的一个大国。后来，殷国人民为了纪念祖先的功德，把王亥、王恒两兄弟和上甲微尊为祭奠的对象，在一年一度的祭祀大典中，向他们表达心中的思念和崇拜。

殷商灭夏

得民心者得天下，殷和夏的国运逐渐出现了反差，这全在于国家有没有一个贤明的君主。

汤王身姿挺拔，器宇轩昂，威武中又带着一丝儒雅。他德行仁厚，不仅善待自己的子民，甚至对动物都充满怜惜之情。有一次，汤王外出狩猎，经过一片树林，看见一个猎人正在树木之间四面结网，口中哼着小调。汤王感到好奇，走近一听，才知道原来猎人念的是一段祈祷词："从天上落下来的，从地里钻出来的，从四面八方跑过来的，全部都掉进我的网！"

汤王听了，哭笑不得地说："打猎不能太自私，把所有的动物都抓了。这样的事，除了昏庸的夏桀，还有谁能做得出来呢？"猎人一看是汤王，而且言之有理，感到非常惭愧，自叹不如。于是，汤王让猎人解去三面网，只留下了一面，又教给他一首新的祈祷词：

先前蜘蛛做网，

如今人们以它为榜样。

自由的鸟儿们啊，

想朝左就朝左，

想朝右就朝右；

想高飞就高飞，

想低翔就低翔；

可就别自己找死，

偏偏来碰在我的网上！

就这样，汤王悲天悯人的善举在百姓之间口口相传，汉水以南诸多小国的国王都对汤王的仁义赞赏有加，自愿归顺于这样一位贤主。短短数日，前来请求归附的使臣就有四十多人。

与汤王的德行形成鲜明对比的就是夏桀王。夏桀王一直没有洞悉事态的变化和民心所向，还自以为是地沉沦在酒池肉林的腐朽生活里，叫嚣着说自己就是天上的太阳，光芒永存，气得夏朝百姓天天指着天上的太阳骂，说愿与太阳一起消亡。据说，夏桀王为了哄美人开心，甚至下令让侍卫把宫中兽笼里的猛虎放到人群集中的集市上到处乱跑，吓得百姓们面容失色、慌张乱窜。汤王听到夏朝的百姓遭遇如此不幸，连声哀叹不幸，并带领自己的臣子为那些无辜的受害者祈祷祝福。

夏桀王身边有一个奸臣叫赵梁，他在夏桀王耳边打小报告，说汤王的这种行为是在故意笼络人心。夏桀王一向不辨是非，听后难免又发了一通脾气，接着就按照赵梁进献的诡计，发了一道诏书，邀请汤王来自己的都城做客。汤王对此没有起什么疑心，携带几位随从匆匆来到了夏国。没想到，汤王刚进宫门，早已埋伏在殿中的侍卫就突然从四面包围上来，捉拿了汤王。汤王这才知道，原来夏桀王会做出如此不光彩的事。接着，夏桀王下令把汤王囚禁在夏台的重泉里。夏台是夏桀王为了关押重要囚犯特意修建的监狱；重泉则是夏台的核心区域，那里是个地下水牢，非常幽深，里面常年不见阳光，阴暗潮湿，还有很多老鼠、蟑螂，关在里面的人大多都因感染重疾而死。汤王虽然有着九尺之躯，但从小到大养尊处优，从没吃过这种苦头，在里面待了没几天就快丢了半条命。

众臣得知汤王的处境，深知再晚一步，汤王就可能死在水牢里了。然而他们一时也想不到好的办法，只能出了一个下策碰碰运气。几位重臣亲自携带大量的奇珍异宝来到夏国，向夏桀王进献。没想到夏桀王真的是见钱眼开，顿时把对汤王的成见抛到了脑后，在九位大臣的美言之下就乐得得意忘形，下令放了汤王。大臣们来到了水牢，看到了奄奄一息的汤王，赶紧抬着他逃出了夏国。

夏桀王完全不去想释放了汤王会不会造成后患，仍然过着骄横跋扈的生活。不仅如此，为了扩张自己的领土，夏桀王还派遣大将军带兵攻打邻国岷山。岷山只是一个小国，哪里能抵挡强大的夏国的侵犯？双方刚开打没多久，岷山就派使臣带着两位美女，前去夏国求和。夏桀贪图女色，一看到眼前的两位女子美得像天上的仙女，就立刻下令停止了对岷山的攻打。这两位美女哄得夏桀王开心得合不拢嘴，夏桀王对她们百般宠幸，而前些年深得夏桀王喜爱的妹喜早就被抛弃在冷宫。妹喜心有不甘，暗生怨恨，一心想要铲除夏桀王，让他也体会到荣华不再的失落感。

妹喜第一个想到的就是伊尹，伊尹在夏国为官的时候，和妹喜还算有点交情，如今，伊尹已不再是那个只能烧一手好菜的御膳官，而是一位得到汤王重用的宰相。妹喜暗中派人找到了伊尹，把平日探听到的夏国机密一字不落地告诉了伊尹。

伊尹得到妹喜提供的可靠的军事信息，踌躇满志；再看此刻国内民心所向，立刻整军待发。天时地利人和，夏国的气数已经走到了尽头，到了该付出代价的时候了。

于是，汤王统领着四面归顺的诸侯，一步步向夏国的都城逼近。汤王的先锋部队一路斩杀了夏桀王手下重要的三位诸侯：韦、顾和昆吾。身处深宫的夏桀王听到前方报来的军情，这才慌了手脚。因为常年不理朝政，军纪涣散，夏桀王只好下令临时组建了一些兵将去死守城门，自己带着玉鼎礼器跑到祭坛上向上天祈祷，真是可笑至极。估计上天早已放弃了这位滥杀成性的昏君，紧接着，夏桀王手下的猛将夏耕在险要的关隘上丢了性命，溃败涣散的军队只能守在城墙上做最后的抵抗。

夏国的国力非常雄厚，修建的城墙也如钢铁一般难以攻破。汤王见自己的军队在攻城的过程中伤亡惨重，赶紧下令撤退。正当汤王和伊尹一筹莫展的时候，一个人面兽身、通体赤红的上仙若隐若现地出现在汤王的面前。只听这位仙人说道："天帝顺应民心，知道你此时有难，特意派我前来助你一臂之力。夏国城内现已兵力不足，你继续带兵攻城，我会在西北角燃起大火给你明示，你就朝着那个方向进攻，保你取得胜仗。"

还没等汤王反应过来，这位仙人便消失了。汤王回忆刚才这位仙人的样貌,恍然大悟,那不正是火神祝融吗!这时,帐篷外传来消息:夏国城墙的西北角突然燃起了大火。汤王精神振奋,领会了祝融的点化,立刻带兵朝着西北角一路厮杀过去。果真如祝融所说,这座结实的城池很快就被攻破了。

都城已经沦陷,夏桀王有心无力,只能放弃了这座让他享福施威的城池,带着几个宠妃和随从,灰溜溜地从慌乱的人群中逃了出去。汤王亲自带着六千多人组成的精锐军队在后面紧追不舍。夏桀王年事已高,眼看后面的追兵就要赶上,慌忙之下跑到了一条不知名的江边,找了一条破旧的船匆匆忙忙地顺流南下,一直逃到南巢。汤王深知夏桀王大势已去,难以东山再起,就没有继续追捕下去。

上了年纪的夏桀王在之后的日子里郁郁寡欢,孤独地死在了异乡,弥留之际还不忘感叹:"早知会有今天,当初我就应该在夏台了结了他的性命!"可见,直到最后,夏桀王都没有领悟到,造成亡国的真正原因乃是自己的昏庸无道。即使没有汤王,失去了民心,国家还是注定会灭亡的。

汤王求雨

　　汤王率军攻破了夏国都城，稳定了本国的基业，眼看老百姓就能过上好日子了，没想到，还没有等他好好地休养生息，国家就遭遇了千年一遇的自然灾害。

　　那个时候，整个国家以及周边的诸侯国天气炎热，太阳炙烤着大地，天空整整七年没有降落一滴雨；土地裂开的缝隙里吞吐着热气，河水已经干涸，庄稼颗粒无收，百姓食不果腹，苦不堪言。人们纷纷自发地祭祀求雨，上天却没有被他们的真诚感动。

　　汤王身在宫中，心中却一直惦念着民间的疾苦。眼看着一次次求雨未果，他只能赶紧向宫里精通占卜的史官求助，希望上天能够给以明示，寻求降雨的方法。史官手持龟壳以及卜卦的用具，摇了几下，嘣的一声把龟壳砸落在地上，摔出了某种形状。史官愁容满面地抬起头对汤王说："卦象显示,应该拿一个人的生命作为祭品,才能有下雨的可能。"汤王听后,毫不犹豫地说道:"求雨的初衷是为了造福百姓,救子民脱离苦海,如果需要有人为此做出牺牲,那就只能是寡人了。"大臣们纷纷劝说,认为国家不能没有君主,这样万万不可。但汤王已经笃定决心,众人也只能默然接受。

求雨大典那天,汤王没有穿华丽的衣服,而是着一身粗布做的衣服,披着头发,身上捆着一束容易着火的茅草,坐在一辆白色的车子上,用一匹白马拉着,缓缓地驶向祭台。祭台周围早已站满了人,大家都想赶过来送别他们敬爱的汤王。拉着汤王的马车渐渐驶到祭台中央,祭祀的音乐响起,台下的百姓都屏住了呼吸,周围的空气仿佛凝固了一般,没有人发出半点声音。

祭台上早已用木柴架起了火台,伴随着站在火台周围的巫师们求雨祝祷的诵读声,汤王坚定地走上了火台。他眼神坚定,抬头向上天虔诚地表明心志:"他们都是寡人的子民,寡人要对他们的生命负责。请把苦难降临在寡人一个人身上,千万不要连累到他们。"台下的百姓听到汤王如此的祷告,再也忍不住,纷纷发出了啜泣声。祭司们拿起火把,等待吉时的鼓声敲响。

吉时快要到来,人们的额头上都紧张得沁出了汗水。大家都期待出现奇迹,但是天空仍然烈日高照,一点乌云的影子都没有。人们心中不免感叹:难道汤王真的难逃一劫吗?突然,鼓声响起,凄厉的号角声也随之奏起祭祀的旋律,祭司们只能顺从天意,用手中的火把点燃了那堆木柴。瞬间,火苗像一条凶恶的火龙,顺着木柴向上延伸。不一会儿,站在火台顶端的汤王就被熊熊燃烧的烈火和滚滚的浓烟所包裹。在火苗的炙烤下,汤王大

汗淋漓,身上绑着的那根引燃的茅草也快要冒出火星。

就在这危急时刻,也许是汤王的诚意和仁义终于感动了上天,瞬间,刚才还是艳阳高照的天空,突然乌云密布。一阵狂风呼呼地刮着,吹灭了火台的烈火,紧接着,一场大雨倾盆而下,浇灌着这片饥渴的土地。雨越下越大,人们欢喜地在雨中手舞足蹈,有的甚至跪在地上,举着双手接取这来之不易的雨水。此刻,在火台上站着的汤王昂头向天,激动地流出了泪水。巫师们纷纷上前,将这位愿意为民牺牲的仁爱君王从柴堆上搀扶下来。

武丁梦贤

　　汤王在位的时候，以德服人、爱护百姓，把国家治理得有条不紊，国力雄厚。汤王之后又传了一二十代，传到一个叫武丁的手上。这个时候，国运已经开始衰落了，幸好武王是个贤王，从小就在心中许下愿望，一定要振兴国家，恢复以前的繁荣昌盛。所以武丁从小就开始关心人民、奋发读书，学习治理国家的本领。长大之后，他就开始寻找一个可以辅佐自己成就伟业的贤臣。

　　一天晚上，武丁操劳完国事，累得筋疲力尽，趴在书案上呼呼睡着了。梦中，一个看起来像囚徒的老人在离自己不远的地方吃力地干着活儿。这个人弯着腰、低着头，身子很瘦，突出的骨头撑起松软的皮肤，像鱼脊上的背鳍。他的手脚都被绳索捆着，身上穿着打着补丁的粗麻衣，俨然是一个罪人的样子。武丁好奇地走上前去询问老人的情况，这个人慢慢地抬起头,散落的头发缝隙之间,一双明亮的眼睛闪烁着智慧的光芒,武丁莫名地对他心生亲切。在交谈中,老人滔滔不绝地说了很多治理国家的道理,吐露出来的每个字都充满了力量,打动着武丁的心。正当武丁想要追问老人的名字的时候,早朝的钟声惊醒了他,梦中的老人也随之烟消云散。

早朝上,大臣们纷纷禀报着国事,武丁却坐在王位上心不在焉。他对昨晚梦见的那个老人念念不忘,脑海中回响的全部是他说过的话。武王打断了群臣的话,命人找来画师,按照自己脑子中依稀可见的模样,把这个老人画了下来。武王坚定地认为,这个人就是自己一直想要得到的贤人,差人按着画中的模样寻访天下,一定要找到画中人。

凭着一幅不太可靠的画,在世上找到完全符合的活人,真的是一件堪比大海捞针的难事。外出的侍卫找了很久,也没有传来好消息,武王渐渐失去了信心。一天,一个侍卫在北海一个叫傅岩的地方,无意间看到了一位名叫说的囚徒。这个人被流放在这里多年,常年不断地修筑被山涧水冲坏的山路,这个苦活儿非常耗损体力。由于多年的劳累,这个人早已累弯了腰,像极了君王想要寻找的画中人。

侍卫赶紧向老人解释了事情的来龙去脉,驾着大车把老人千里迢迢地载到了宫中。武丁刚进门,一眼看到了老人,立刻欣喜至极——这个人正是那晚梦中出现的人。武王情不自禁地和老人攀谈起来,老人的眉宇之间透露着智者的气韵,谈吐中彰显着睿智和从容。由于老人的学识和远见,非常契合武王的治国理念,他刚到宫中没多久,就被武丁破格任命做了宰相。由于当时发现老人的地方叫作傅岩,后人就称呼他为"傅说"。

武王非常尊敬傅说,傅说做了宰相后,武王经常向他请教治国的方法。武丁把傅说看成自己的老师，多次向他表达心中的敬意："无论在什么时间、什么地方，我都希望您可以给我教诲，及时指出我德行上的不足之处。如果我是一把刀，您就是一块磨刀石，让我变得更锋利；如果我想渡过一条大河，您就是我的船桨，助我安全抵达彼岸；如果我遭遇了旱灾，您就是及时的甘霖，解我燃眉之急；如果我是一个病人，您就是我的良药，让我恢复活力和健康。有时我可能走得太快，错过了很多东西，您要提醒我走慢点，脚踏实地，才能做好事情。希望您能明白我的心意。"

傅说听了武王的肺腑之言，心生感动，也对武王充满敬意地回道："大王说的字字在理，您的心意我已经知晓。树木弯了，只有经过木匠师傅的修正，才能变直；大王犯了错，只有虚心地听取大臣们的谏言，才会变得英明。您只要能包容谦逊，身为臣子的自然会主动进谏，久而久之，您就会越来越贤明，到时候谁还会不遵从大王美好的旨意呢？"

武王听了这番话，更加奋发图强，在傅说的辅佐下，国运蒸蒸日上，武丁逐渐实现了复兴国家的理想。过了很多年，傅说死了，武王悲痛万分，感叹自己失去了天下最贤明的臣子。传说，傅说的灵魂化成了东方天边的一颗星星，在箕星和尾星之间熠熠生辉，仿佛在庇佑着他惦念的殷国。后人就以他的名字为这颗星星命名，将其取名为"傅说星"。

纣王荒政

盛极必衰，一个国家有强盛也会有颓败。武丁之后，王位向下传了七八代，传到了殷朝最后一个帝王的手里。说起这个人，真的可以说臭名昭著、家喻户晓，就是和夏桀王一样昏庸无道的纣王。他们两个人的残暴无能可以相互媲美，国家肯定会在这样的君王手中断送前程。

纣王和夏桀王一样空有一副英俊健壮的外表，不理朝政，用尽一切手段满足自己的私欲享乐，把国政扔在一边不理不睬。为了有个地方可以和美女、大臣纵情玩耍，纣王不惜从民间逮捕了成千上万的男丁，困了他们整整七年的时间，让他们不管风吹日晒，没日没夜地干活儿，在当时的京城朝歌修建了一座高耸入云的雄伟建筑，取名为"鹿台"。鹿台的修建，可以说是用数不清的血汗换来的，多少百姓的家庭妻离子散，多少民夫在极端的劳累中丧失性命，但这一切都不是纣王在意的。鹿台之大也是现在的人们难以想象的,登上鹿台,一阵阵的雾气在脚下环绕,房梁间镶嵌着奇珍异宝,桌台上摆满了晶莹剔透的美玉;站在鹿台的顶上,可以眺望到千里之外,整个国家的景致尽收眼底。

接着,纣王命人在鹿台的宫殿中凿了一个大水池,在里面注满了美酒;让人在园子中栽满了各种树木,上面悬挂着香喷喷的肉块;差人在城中到处搜寻美女,也不管人家愿不愿意,就把她们带到鹿台。就这样,纣王和众多美女们一起,衣衫不整地穿梭在酒池肉林之间追逐寻欢,简直是荒唐透顶。

最让人生气的是,纣王昏庸也就算了,他却有着善辩的口才和过人的智慧。众臣多次因为看不下去,向纣王直言进谏,却都被纣王驳斥了回去。他的才华没有用在治理国家的正道上,反而成了他荒政的护身符,真是让大臣们唉声叹气、哭笑不得。纣王贵为一国之主,尊贵的地位更是让他骄横跋扈,目中无人。他觉得天下的英才都不是他的对手,自恋地称呼自己为"天王"。

聪明的纣王当然知道朝中众臣对自己的强烈不满,于是他发明了一种残酷的刑罚,专门惩治那些背后说他坏话或者当面顶撞他的人。他让人在烧得通红的炭火上架起一根铜柱,在上面浇满了油,整根柱子在火苗的烘烤下变得又烫又滑,他就让那些得罪他的人光着脚从柱子上走过去。如果能坚持得住,侥幸走了过去,算是那个人命大。但几乎所有的人都忍受不了这种痛苦,人刚往上面一走,就听到吱吱啦啦肉烧焦的声音,柱子上的油滑得让人难以站立,没几下子,人就摔落到下面的火坑中活活烧死了。这种让臣民闻之色变的"炮烙"酷刑却换来了纣王个人的开心:每当人们在刑罚中发出恐惧的声音或呐喊声时，纣王就搂着宠妃在一旁忍不住哈哈大笑，简直没有人性。

不仅在宫中，就是在去宫外游玩的路上，也会因为他不断冒出的"奇思妙想"，给无辜的百姓带去莫名的伤害。有一天，纣王带着随从在宫外游山玩水，路过一条小溪的时候，看到一个老人光着脚丫，犹疑不决地试探着水的温度。纣王实在不明原因，就问身旁的仆人，仆人看了一眼，笑着回答道："大王有所不知，人年龄大了，骨髓耗损严重，骨头腔里会变得不密实，尤其是遇到冷水时会有刺痛的感觉，这个人迟迟不敢过河，可能就是这个原因吧。"纣王第一次听到这种说法，不仅开怀大笑，为了验证仆人的解释，他竟然差侍卫用剑砍断了老人的腿骨。老人疼得哇哇大叫，直接昏了过去，纣王却对他不管不顾，一心只想着去看那骨头里的骨髓。

纣王的残暴行为已经到了令人发指的地步，他的叔叔比干是个忠诚耿直的人，认为自己身为君王的亲叔叔，纣王不会对他随意加害的。于是，比干不断地进谏，希望纣王能改过自新。但纣王天性暴虐，不是一个重视亲情的人，对比干早已充满了怨恨和厌烦。他讥讽地说道："大家都说叔叔是一个圣人，爱民如子。我听说圣人的心脏有七个孔窍，不知叔叔能否让侄儿看一看呢？"还没等比干反应过来，接到指令的侍卫就把比干拖出了宫殿，挖出了心脏，比干这个贤臣就这样冤死了。

听闻纣王连自己的亲叔叔都能随意杀害，朝中的大臣更是忍气吞声，敢怒不敢言。整个国家都笼罩在恐怖的气氛中，人人自危，不知道何时就会被喜怒无常的纣王降罪残杀。

西伯昌遭囚

　　纣王的诸侯里有一个被称作西伯昌的，就是后来的周文王。西伯昌有两个好朋友，分别叫九侯和鄂侯。纣王被九侯家女儿的姿色所吸引，强行逼迫九侯把女儿嫁给了他。但这姑娘和她父亲一样是个刚正不阿的人，一向看不惯纣王的为人，常常顶撞纣王，让纣王颜面尽失。纣王一气之下就把九侯和他女儿一起杀害了。鄂侯是个不畏强权的臣子，听闻后气得浑身发抖，直接闯入纣王的寝宫，要给九侯父女讨回公道，也被纣王残忍杀害。

　　两位挚友的冤死让西伯昌黯然神伤，他悲痛地流着泪，但除了对天谴责纣王的荒淫无道，也没有什么办法可想。西伯昌对天子的不齿，被纣王身边的一个叫崇侯虎的奸臣打探到了。他为了讨好纣王，获得赏识，就连忙进宫向纣王告密："大王处死了九侯和鄂侯那两个逆臣，西伯昌对大王极度不满，说了很多对大王不利的坏话，大王你要对他防着点。"纣王听后不免心中生疑,为了稳定自己的王位,纣王下令捉拿了西伯昌,将他关押在了羑(yǒu)里。羑里可不是一个普通的地方,那是殷国当时最大的监狱,开凿在数十米的地下,道路交织,狱房数量难以计数,就像是一个地下小城。里面密不透风,窗户开在屋顶,四周的围墙全部是纣王特意命人层层垒砌起来的坚石,关在里面的人想逃出去压根就是妄想。

西伯昌的朝中有四位大臣,他们足智多谋,辅佐西伯昌处理政务,分别叫太颠、闳夭、散宜生和南宫括。西伯昌被囚禁在羑里的消息很快传入了朝中,四位贤臣心急如焚,赶紧商量对策。他们知道,羑里那个地方,人在里面待久了会撑不住的。他们四人对纣王的脾性太过了解,知道纣王贪恋美色和奇珍异宝,只有让他开心了,才有释放西伯昌的希望。于是,他们赶紧差人在各地搜罗宝贝和美女,准备入宫进献,换得西伯昌生还。

纣王虽然逮捕了西伯昌,心中的怒火还是难以平息,于是,他决定想个办法戏弄戏弄西伯昌。纣王心想:大家都说你西伯昌是个圣人,但你如果饿得连自己孩子的肉都能吃下去,那还是大家心中的圣人吗?那个时候都有个公认的习惯,天子为了防止下属的诸侯国造反,都会把诸侯的亲人困在京城中给天子当差,实际上就是作为人质,来确保王位的稳定和太平。西伯昌的儿子伯邑考就已经在纣王的身边当差多年,忠厚老实,从来没有过分的言语和行为。纣王把主意打在了伯邑考身上,他不分青红皂白,命人把伯邑考扔进煮沸的大锅里活活煮成了肉汤,并差仆人把这肉汤送到西伯昌的面前。饥饿难耐的西伯昌以为是大王特别的关怀,就咕咚咕咚地喝了起来。纣王这才松了一口气,哈哈大笑着说:"原来西伯昌也不过如此,圣人也会吃自己儿子的肉。"

　　就在这时，西伯昌的四个大臣求见，纣王听闻他们带来了好东西，赶紧宣他们进殿。只见这四位大臣带来了很多奇珍异兽，其中有些都是纣王从没有见过的，比如一匹名叫"鸡斯之乘"的骏马，浑身泛着红光、长满五彩毛发，眼睛闪着金黄的光泽，与它相伴据说可以延年益寿；还有拖着长长的尾巴、长得像猛虎的野兽骓吾，骑在上面可以日行千里；其他各式各样的美玉、珍珠就更数不胜数了。纣王看得眼睛发直，当目光游走到旁边站着的几位美女身上的时候，纣王的口水差点从口角流了下来。西伯昌的大臣见状，赶紧说道："大王，这些都是我家大王之前特意交代让我们进献给您的。"纣王一听大喜，连连挥手说道："算了算了，西伯昌的好意我就领了，单单就是这几个美人，就足够表明他的诚心了。"于是，纣王立马下了诏书，放了西伯昌。

　　四位大臣即刻赶往羑里，护送西伯昌回国。回国的途中，其中一位大臣说漏了嘴，西伯昌才知晓那天在牢中喝的肉汤竟是自己的亲骨肉伯邑考。顿时，西伯昌悲痛欲绝，连连作呕。没过一会儿，他觉得胸中堵着一块东西，难以呼吸。西伯昌赶紧跳下了车，大汗淋漓，不停用手刺激喉咙，突然，只听噗的一声，一块火红的肉团从西伯昌的口中喷涌而出。摔在地上的肉团慢慢地蠕动，上面泛着红光，渐渐地出现了清晰可见的轮廓，幻化成一只看似出生不久的小白兔。西伯昌心里明白，这个兔子肯定就是伯邑考的化身，忍不住放声痛哭。后人就把这个地方称作"吐子冢"，在今天的河南省汤阴县附近。

　　西伯昌想到自己遭受的耻辱和丧失爱子的悲痛，暗暗下定决心，一定要推翻纣王的统治。于是，他回到国中立刻整顿军纪，勤勉朝政，首先亲自领兵攻打崇国,杀死了进献谗言的崇侯虎。后来,西伯昌逐渐向东征战,不断扩大自己的国土,在崇国的位置建立了周国的都城丰邑。自此,周国的国力与日俱增,渐渐强大了起来。

西伯昌遇太公

一个君王的身边若是有贤臣辅助，对国家的统治肯定大有裨益。西伯昌身边虽然有太颠、闳夭、散宜生、南宫括这样的贤人，但是还少了一位能够担任振兴国业的责任的大贤。西伯昌在空暇之时常常留心寻找，但一直没有找到这样的人。

说到西伯昌寻贤，和之前的武丁还真有点像。有一天晚上，西伯昌酣然入睡，梦中逐渐浮出一片水域，天帝穿着一件黑袍子站在渡口，身后站着一位白发苍苍的老人。天帝指着身边的这位老人对西伯昌说道："西伯昌，纣王无道，苍生吃尽了苦头，你是一个贤明的王，我向你推荐一位老师，他可以辅助你铸就伟业，他的名字叫望。"西伯昌激动地赶紧跪下谢恩，还没来得及进一步和老人攀谈，忽然就醒了。

醒来后，西伯昌感觉非常奇怪，回忆着刚才梦境中老人的相貌。西伯昌之前倒也听别人说过自己的国中有这样的人，但是就凭借着这些印象，在偌大的天下寻找一个人，毕竟是一件难事，西伯昌心中暗暗祈祷可以早日见到这位盼望已久的大贤人。

有一次，西伯昌和大臣们外出打猎，临行之前还没有决定好去哪个地方，西伯昌就让太史编占了一卦，太史编看着卦象，用唱歌的方式告诉他：

到渭水边上去打猎，

将会有很大的收获。

不是螭（chī）也不是龙，

不是老虎不是熊；

得到个贤人是公侯，

上天赐你的好帮手。

西伯昌一听大喜，心想：这难道是上天给的旨意？也许这位大贤人现在就在渭水边上。于是，西伯昌带着大队人马，马不停蹄地向着渭水的方向直奔而去。

西伯昌在渭水边，顺着河流一路张望，生怕错过这位大贤人。忽然，在水边茂盛的草木间，一位身穿青色布衣的老人正气定神闲地坐在河边钓鱼。他的身上披着用竹子编的斗笠，头发和胡须都发白了，远远看去，仿佛就是身处另外一个世界的仙人。这个人实际上就是西伯昌一心想要得到的大贤人，他就是人人皆知的姜太公。

说起姜太公，他曾经过了一段穷困潦倒的生活。姜太公的祖先因为帮

助大禹治理洪水，功勋卓著，被封在一个名叫吕的地方。姜太公博古通今，读了很多书，非常有才学，时时刻刻想用自己的知识来施展抱负。可惜，姜太公一直没有遇到贤明的君王，他的才情一直都没有用武之地。他没有稳定的收入，生活过得很拮据，经常搬家，到处流浪。为了生存，姜太公在殷朝的都城朝歌的菜市上当过屠夫，也卖过饭，勉强维持生活。时间慢慢过去，姜太公逐渐上了年纪，觉得今生恐怕难以实现自己的远大理想了。心灰意冷的姜太公就来到了渭水河边隐居下来，选了一块地，盖了一间小茅屋，平日以垂钓为生，过着简单安静的生活。

因为时日太久，姜太公屋前那块他常常跪坐的垂钓石台被压出了两道深深的凹进去的痕迹。姜太公慢慢消磨了意志，也渐渐磨灭了想要治国平天下的理想。当西伯昌带着人马从远方呼啸而来时，车马声和人群的喧哗声早已引起了姜太公的注意，他灵敏的耳朵能听出来，这是一位不寻常的客人。因此，虽然他看起来还是安静地端坐在河边，但内心的理想之火已经熊熊燃烧起来，他觉得也许自己的机会来了。

西伯昌下了马车，走近端详着老人的面容，他的样貌和气度与那天梦中的老人简直就是一模一样。西伯昌欣喜万分，赶紧鞠躬行礼，谦逊地和姜太公交谈起来。姜太公从容淡定地应答，他那博学的知识和优雅的谈吐让西伯昌听得满心开怀。西伯昌心中笃定这个人就是那天梦中出现的大贤人。西伯昌便对姜太公恭敬地说明来意："我那已经过世的父亲和托梦给我的天帝，都曾对我说起，周民族的强盛壮大离不开一位圣人。您就是寡人要找的那位大贤人，寡人已经期盼了您太久太久，您愿意和寡人一起回去，辅助寡人治理天下吗？"

　　面对着西伯昌的诚恳邀请，姜太公早已抑制不住内心的激动，布满皱纹的苍老的脸庞上流下两行热泪，等了那么多年，终于等到了这一天。于是，西伯昌搀扶起姜太公，亲自驾着车一路奔回了都城。由于梦中天帝说过老人叫望，所以西伯昌称之为"太公望"。

武王伐纣

姜太公治国有方，辅佐西伯昌没几年，周国就成为当时的一个诸侯大国，百姓安居乐业，国力雄厚强大，附近的小国纷纷来归顺，周国的国土面积越来越大。西伯昌把都城向东迁移到丰，离殷国的都城朝歌越来越近，为推翻纣王的统治而一步步努力着。而沉浸在酒肉生活中的纣王，丝毫不听大臣的劝告，完全没有察觉到局势的危险。

都城刚迁好没多久，西伯昌就大病了一场，去世了。受到子民爱戴的西伯昌的爱子姬发顺利继承了王位，被人们称作周武王。武王和父亲一样，是一位贤君，尊重人才，而且爱民如子。姜太公以国师的身份继续辅佐武王治国，武王对姜太公也是恭敬有礼、虚心学习。

武王刚继承王位没多久，就兴兵伐纣，完成父亲未了的心愿。满朝文武百官中有的忌惮殷朝的强大，朝中出现了不同的声音，有人反对有人赞成。太史看到大家争论不休，武王难以下决定，就按照先例卜上一卦，给大家当作参考。这时，姜太公站了出来，大手一挥，把龟壳等占卜的用具打翻在地，并愤怒地用脚踩烂了龟壳，对大臣们吼道："不要让这些枯草烂骨头妨碍国家大事，它们能预测什么吉凶祸福？请大王立刻出兵。"姜太公虽然年事已高，但在国家大事的决断上从不含糊，大臣们见姜太公这般无所畏惧，都振奋精神，齐声喊道："愿为武王全力以赴！"

武王的大批人马朝着朝歌的方向一路东行，士兵们个个精神抖擞。这天，兵将们走到洛邑这个地方，眼看就要渡孟津了，天气却骤然变冷，刮起刺骨的寒风，乌云遮天蔽日，紧接着下起了暴雪，不一会儿，整个旷野变成了白茫茫的一片。由于道路湿滑，不易前行，武王下令在洛邑临时驻扎下来，稍作整顿，待天气放晴后再继续赶路。

没想到，这场雪连续下了十多天，整个军队寸步难行，只能待在原地静观其变，武王急得在帐篷里来回踱步。正在这时，帐篷外的侍卫前来禀报，外面不知何时出现了五辆马车，上面坐着五个大夫装束的人，后面跟着两个骑着高头大马的骑士。武王正心情烦躁，以为是哪里来的诸侯小国的使臣，暂时不打算接见他们，就命侍卫让他们在外等候。姜太公连忙喊住了侍卫，亲自走到门边，透过缝隙仔细端详了那五位怪人。接着，姜太公对武王说道："武王，您必须得见见这几个人。他们乘车而来，一路上却没有车轮的痕迹，这五位的来历恐怕不同寻常，我们不能怠慢。"

武王听后觉得很有道理，立刻让人请他们进来相见。姜太公为了提前知晓五位怪人的身份，想出了一条妙计。他差人端了一钵热粥来到了五位客人的面前，试探性地说道："五位路途辛苦，天气寒冷，大王还在商讨国事,不能立刻出来会见大家,特意嘱咐我准备了热粥,给大家暖暖身子,按照各位尊卑顺序,我来给各位分粥。"客人们听了觉得很有道理,马上的骑士就指着那五个人依次介绍起来:"这几位分别是南海君、东海君、西海君、北海君、河伯,我们两个是风伯和雨师。"

侍卫默默地在心中记了下来,分完粥后,赶紧返回帐篷向武王和姜太公如实汇报。姜太公博学多闻,向武王解释道:"现在我们可以接见他们了。五车两骑,他们正是四海的海神和河伯、雨师、风伯。南海的海神叫祝融,东海的海神叫句芒,北海的海神叫玄冥,西海的海神叫蓐(rù)收,河伯名叫冯夷,雨师名叫咏,风伯名叫姨。"

武王知道了各位的身份后,胸有成竹,令门官召唤各位上仙进帐畅谈。帐外的仙人们听到门官居然知道自己的名字,惊喜万分,心中暗想:武王果真是天帝暗中相助的王者,还没有见面就已经知道了我们的身份。

得到各路神仙的鼎力相助,加上将士们士气高昂,天刚刚转晴,武王便迫不及待地率领大军向朝歌奔去。由于武王贤哲爱民,讨伐纣王本来就是正义的行为,将士们胸中充满了自信和坦荡,一路高歌,声势浩荡。还在朝歌享清福的纣王得知武王已经兵临城下,心中一阵惊慌,赶忙起身穿上战袍,亲自驾着马车率兵出城迎战。

双方的实力相差甚远,武王的军队士气高昂,其中还有一支来自巴蜀的精良战队;纣王的战士则良莠不齐,其中很多人是被强行征来参战的奴隶,根本没有作战经验。朝歌城下,人山人海,空中不时地回旋着鸷鸟,喉咙里发出刺耳凄厉的叫声,更是增添了战场上的紧张气氛。一开战,双方的战士就像是脱了缰的野马,挥舞着兵器向对方杀去。没几个回合,纣王的军队就渐渐溃败，被征来的奴隶们眼看暴君的末日已经不远了，索性跟周朝大军一起杀向了纣王。

纣王看到眼前的场景，知道自己大势已去。于是，他独自奔到鹿台，取出了早已准备好的镶满美玉的衣服，点燃了大火，把自己活活烧死了。纣王在自焚之前，在自己的内衣里装了五块极其珍贵的叫作"天智玉琰"的美玉，因此，纣王的肉身没有被烧焦，这几块罕见的玉石也完整地保留了下来。武王带着军队攻破城门，占领了鹿台，发现了纣王已经死去多时，便亲手砍掉了纣王的脑袋，把它挂在城门的旗杆上，庆祝暴君的死亡。

宠妃妲己

纣王在位的时候，有一位特别喜欢的妃子叫妲己。妲己在进宫之前是一个特别善良的姑娘。她是当时的一个诸侯有苏氏的女儿，由于父亲参与了讨伐纣王的叛乱，纣王一气之下就把妲己抓到宫中充当女仆。没想到妲己的美貌和聪慧一下子吸引了好色的纣王，于是纣王不惜一切代价来博取妲己的好感。久而久之，在老百姓眼中，妲己就变成了红颜祸水，但真实的妲己到底是怎样的，我们也无法知晓。也许大家对她的责骂本身就是不公平的。更有后人相传，说妲己是修炼了千年的狐狸精或者野鸡精，这就更是毫无依据了。有人说，纣王死了后，妲己也一并被砍了脑袋，被挂在城门上示众；也有人说，她和一个要好的宫中姐妹在园林中上吊自杀了。

伯夷和叔齐

西伯昌刚去世没多久，武王就在姜太公和大臣们的支持下，决定带兵讨伐纣王。武王起兵攻殷的义举得到了诸侯的追随，但当时有两个人却跟武王撕破了脸。

这两个人就是伯夷和叔齐，他们很有意思，原则性非常强。他俩是孤竹君的儿子，由于他们厌倦身为君王的辛劳和无奈，在父亲快要退位的时候，他们都互相推诿，拒绝继承王位。由于大臣们一直在苦言相劝，兄弟俩忍受不了被逼登基的日子，便偷偷地逃出了自己的国家。

由于听闻西伯昌宅心仁厚、善待子民，对待老年人也是恭敬有礼，上了年纪的伯夷和叔齐便一路奔到周国来投靠他。哪知刚到都城没多久，西伯昌就去世了。让他们感到不解的是，武王还没有来得及安葬好自己的父亲，就急着领兵出征。兄弟俩觉得武王不管父亲的后事，只顾自己的事业，是一种不孝顺、不仁义的行为。于是，在武王带兵出城的那天，兄弟俩堵在城门口拦路大骂，把武王训斥了一番，在众人的劝说下才颤颤巍巍地离开了。

武王这次出兵取得了胜利，推翻了暴君的统治，赢得天下人的爱戴。尽管如此，伯夷、叔齐仍然对武王充满了不满，于是他们隐居在郊外的首阳山上，再也不理世事，不愿意吃周朝的粮食。两位老人非常有骨气，即使饿得全身发颤，也从不向别人乞讨食物，只是在山上采摘一种可以食用的名叫"薇"的野菜勉强充饥。

有一天，兄弟俩正在山中采摘野菜，一个妇人路过时认出了他们，质问他们道："我认识你们。你们都是世上的贤人，因为你们有骨气，发誓不再吃周家的一米一菜。但是你们可曾想过，这山是周家的领土，野菜自然也是周家的，那你们为什么还在吃呢？"妇人的这些话刺痛了两位老人，他们有着极强的自尊心，自觉颜面受损，一时不知道如何应答妇人的质疑。妇人离开后，兄弟俩只能互相安慰道："妇道人家，没有知识文化，就是说说而已，不必在意。"

于是兄弟俩把这件事逐渐抛在了脑后，没有再提起。直到有一天，一位名叫王摩子的士大夫经过山道，无意间也遇到了正在采摘食物的兄弟俩，王摩子也忍不住反问道："两位都是受人尊重的老者，应该言而有信，既然把吃周家的粮食当成是自己的耻辱，那为何要隐居在周家的山上，吃着周家的野菜呢？"兄弟俩面面相觑，脸涨得通红，一言不发，灰溜溜地离去了。

于是，兄弟俩发誓从此以后不再采摘食物，生死全靠上天安排。他们躲在山里整整七天没有吃任何食物，都饿得奄奄一息。就在这个时候，天帝被他们的意志所感动，特意差遣自己的神鹿下到凡间，用鹿奶给他们充饥。兄弟俩正饿得迷迷糊糊的，饮用了鹿奶，体力慢慢恢复，人逐渐精神起来。从此，每过几天，神鹿就会从天而降，给他们喂奶。然而，可能是两位老人真的是饿怕了，许久没有碰到肉味了，他们看到肌肉健硕的神鹿，竟然起了邪念："鹿肉吃起来，应该非常美味吧！"

　　神鹿虽说是动物，但毕竟是天帝身边的灵物。兄弟俩的念头刚滋生出来，还没来得及行动，神鹿就感应到了他们内心的想法。于是，神鹿再也不肯下凡了。没有了鹿奶来充饥，兄弟俩彻底断了食物来源，没过多久，他们就活活饿死了。

贪玩的周王

周武王灭了纣王，统一了天下，百姓安居乐业，国家一度达到空前的繁荣。如果一个国家的每任君王都很贤明，这个国家可能会永远昌盛下去，可惜好景不长，武王之后传了三代，他的曾孙周昭王接替了王位。虽说昭王不像夏桀王、纣王那般昏庸残暴，但他的确是个太贪玩的君王，经常因为玩心太重而误了国事，周朝的威望和名声也渐渐不如从前了。

周昭王是出了名的爱玩，有时就像个孩子一样天真烂漫，甚至他的生命都葬送在玩乐这个不好的习性上。

据说，昭王在位的时候，周朝的南边有个很小的国家叫越棠国。因为周朝国力强盛，文王、武王的名声仍然威慑着天下，周边的小国都会向周朝示好，以换来自身的太平。一天，越棠国的国君准备了几只珍贵的通体长满白色羽毛的野鸡，亲自前往周朝进献，以表诚意。因为两国之间的距离很远，路途也比较难走，怀揣着强烈好奇心的昭王见野鸡迟迟未到，再也按捺不住他那爱玩的天性，居然亲自带领着贴身随从向南边迎去。

昭王一路浩浩荡荡，车马嘈杂，人声鼎沸，经过的路都扬起了厚厚的尘土，让沿途居住的百姓不得安宁，百姓心中都对这位君王不满。经过楚国的时候，已经是深夜，楚国人从梦中惊醒，更是激起了对昭王扰民的愤怒。楚国人一打听，才得知昭王这般骚扰沿途的国家，为的只是几只野鸡，顿时觉得哭笑不得，于是他们琢磨出一个办法，想捉弄捉弄这位爱玩的君王。

昭王过了楚国没多远，就遇到了前来进贡的越棠国国君，看到了梦寐以求的白色野鸡，这几只野鸡相貌特别，眼睛呆呆地看着昭王，憨态可掬的样子顿时逗得昭王哈哈大笑起来。昭王心中欢喜，带着野鸡兴冲冲地打道回府。经过楚国的时候，天色已经阴沉下来，估摸着要下一场大雨。果然，轰隆隆的雷声很快响彻天空，大雨就像是从天上往下倒一样。昭王带着随从马不停蹄地冒雨赶路，野鸡们吓得在笼子里直哆嗦。这时，楚国人暗中布下了陷阱，在昭王回程必经的汉水岸边放了一些船只，昭王便和随从下了马，登上小船，想先躲一躲雨。

没想到，汉水水流湍急，一下子冲断了绳索，小船随着河水向汉水的中央漂去。没漂多远，忽然只听一声木头断裂时发出的巨响，船在水流的快速冲击下分解成碎片。瞬间，船上的人啊、鸡啊全部落入水中，吓得昭王阵阵惊叫。

昭王不懂水性，只能在河里上下扑腾，眼看体力不支就要沉下去了。离昭王不远的马夫辛馀(yú)靡(mí)是个水性很好、力大无比的壮汉，而且手臂天生长得长。辛馀靡奋力向昭王游去，大手一挥，把奄奄一息的昭王夹在自己的臂弯里，仅用另外一只手奋力向岸边划去。可惜为时已晚，到了岸边，体弱的昭王已经翻了白眼，死去了。

楚国人这次玩笑也是开大了，他们用黏胶把木板拼接在一起，造成船，此船长时间在水中浸泡会自行解体。他们原本只是想吓唬吓唬昭王，给他一个教训。没想到，一位堂堂大国的君王居然就这样不幸溺水而亡了。大臣们也觉得昭王死得窝囊，有损王室的尊严，不好向天下交代，连惯常的讣告都没有发，就悄无声息地把昭王入了棺，埋进了陵寝。

昭王的儿子叫满，遗传了爸爸的天性，也喜欢到处游玩。也许是因为满的母亲在怀孕的时候曾经被上古时期的丹朱托梦，所以满的身上具有了一定的神性，长大后的满自然也比常人多了一些特殊的能力。

据说有一天，都城上空风起云涌，乌云遮天蔽日，整整下了三个多月的暴雨，城中道路被洪水淹没，老百姓的生活苦不堪言。满看到如此景象，掏出了自己心爱的竹笛，悠闲地在寝宫吹奏了起来，笛声清亮悠长，婉转动听，也许是打动了上天，雨很快就停了，洪水慢慢退去，人们恢复了往日平静祥和的生活。满还在宫中养了一只壮硕的大狗，一天可以轻松地奔跑千里路途，就连老虎、豹子这样动物中的猛兽都不是它的对手。满对这只狗充满了喜爱，整天和它在一起玩乐。

昭王死后，满登上了王位，被人们称为周穆王。穆王在主政期间，还时刻不忘发掘有趣的事物，给自己乏味无聊的帝王生活增加乐趣。那段时间，穆王对天下的能人异士充满了极大的兴趣，他们非凡的本领总是能给穆王带去预料之外的惊喜。有一天，一个名叫化人的异乡人来拜访穆王。

一听说这个人本领十分厉害,不仅能够腾云驾雾、穿越石墙,还能施展法术,轻松地把一座城池来回迁移,穆王简直喜不自胜,赶紧下令宣召化人进殿,把酒言欢。

在亲眼见识了化人的本领之后,穆王简直把化人看成了下凡的天神,一心想把如此有趣的人留在身边,不仅给予他无微不至的关怀,还毫不吝啬地赏赐了大量的奇珍异宝,但是化人对荣华富贵似乎并不是很在乎,这让穆王不免有点失落。

一天上完早朝后,穆王正闷闷不乐地在书房处理奏章,化人亲自前来邀请穆王去自己的家中做客,穆王一听,开心地站了起来,把繁杂沉重的奏章推到一边,和化人大摇大摆地走出了房门。

只见化人挥着衣袖,身边立刻飘来五光十色的云彩,化人拉着穆王乘着云朵腾空而起。身上的华服在云中飘荡,仿佛神仙一样,脚下是河流山川,美景尽收眼底,看得穆王心花怒放。不知走了多远,升了多高,云彩的深处隐隐约约地闪出金光,穆王瞪直了眼睛,飞近一看,原来是一座豪华辉煌的宫殿。化人呵呵笑着说:"这就是我居住的地方!"

走进大殿,穆王大惊失色,终于明白了化人为什么对自己赏赐的财物不屑一顾,那些宝物跟化人寝宫的金碧辉煌相比真的是黯然失色。穆王在化人的宫殿中四处张望,不禁张着嘴巴频频惊叹。只见亭台楼阁之间到处镶嵌着世上罕见的美玉和珍珠,处处彰显着奢华富贵,就连化人招待的酒肉佳肴,都是穆王这辈子没有品尝过的。

在华丽的宫殿里,穆王目不暇接;从高高的云端往下看去,自己的住处相比起来竟是那么的寒酸。转眼间,化人带着穆王来到了一片通亮的地

方,刚一进去,里面亮得让人几乎睁不开眼。耳边传来曼妙的旋律,听起来让人心神荡漾。穆王缓缓地睁开眼睛,只见晴空万里,没有任何的东西阻挡自己的视线,到处闪着五光十色的光影,明晃晃的,仿佛飘荡在仙境。穆王被化人的住处挠得心痒痒,赶紧请求化人带他返回人间,估计穆王是怕再不狠心回去恐怕就再也舍不得离开了。化人答应了穆王,用手猛力一推,穆王还没有缓过神,只来得及发出"啊"的一声惊叫,就从空中朝着自己宫殿的方向坠落了下去。

穆王紧紧闭着眼睛,等了半晌,见没有什么动静,才敢睁眼,只见自己仍旧坐在自家大殿上,化人就坐在自己的身边,桌子上还放着美酒和刚刚烹制好的菜肴。穆王疑惑不解,连声问道:"刚才到底发生了什么? 我记得我和你一起飞到了天上……"还没等穆王说完,化人就不急不慢地劝道:"大王不要慌张,你的身体一直在这里,只是我用法术带着大王到天上神游了一次,见见天上的风光。"穆王听后不禁拍手叫好,回味着如此美妙的梦,久久不能平静。从此以后,穆王的玩性更是一发不可收拾,把国家政事彻底抛到脑后,整天驾着他最心爱的八匹骏马拉的车去周游天下。

周穆王的朋友

　　穆王常年在外游历，见到了很多有趣的事和非凡的人。据说穆王第二次在东方游玩的时候，在郑国遇到了一个名叫井公的具有特殊才能的人。他们相见恨晚，由于两人都爱好赌钱，刚一见面，就痛快地连续赌了三天。还有一次，穆王在奔波的路上遇到了两位美丽的女子，没聊几句，女子觉得和穆王非常投机，就表明了自己的身份。原来，这两位女子都是天上专门制作美酒的仙女。她们把制好的美酒和穆王同享，相谈甚欢。还有一次，穆王遇到了一位叫意而子的仙人，穆王敬佩他的高超仙术，特意邀请他来自己的宫中做客。席间，穆王一直咄咄逼人，强迫仙人留在宫中做自己的臣子，但逍遥自在的意而子哪能忍受这种拘束的生活，于是愤愤不平地拒绝了穆王的要求，起身幻化成一只小燕子，径直向天上飞去，再也没了踪影。所以后来的人们也把燕子称作"意而"。

周穆王见西王母

　　周穆王游历天下，出门的时候选择的坐骑肯定是非同一般，否则它们怎么能耐受如此辛劳的长途奔波呢？

　　跟着穆王一起远行的这八匹马真的是来历不凡，自从穆王得到了这八匹骏马后，对它们爱护有加。当年周武王完成了讨伐纣王、统一天下的大业后，跟随他一起驰骋疆场的战马全都被安置在夸父山下休养。而这八匹骏马正是这些战马的后代，它们的身上自然也遗传了祖辈的基因，体内奔腾着英勇的血液。很多年后，当时周朝一个赫赫有名的叫造父的御马人无意间经过夸父山，被它们的健壮和英姿所吸引，就留在山上精心驯养，希望有朝一日，这几匹马可以像祖先那样跟随君王，为国家立下不朽的功劳。

　　造父很小的时候，就被父母送到了泰豆那里学习驾车的本领。泰豆为了锻炼造父的平衡能力,在空地上筑起了很多木桩,这些木桩上的空间非常狭窄,只能容下一只脚。幼小的造父摇摇晃晃地站在木桩上,双腿乱颤,一开始根本不敢行走。泰豆站在下面,不厌其烦地教导着造父,让他在上面快速地移动,但是不能碰倒一根木桩。好在造父天资聪颖,在老师的精心训练下,造父只花了三天的时间就把老师布置的任务完成了,乐得泰豆都忍不住大声赞美:"你这个鬼机灵,学东西真快!"

随着时间的消逝,造父逐渐长大,在泰豆的悉心教导和自身的不断学习下,他终于成为当时本领很高的驾车人。不仅如此,造父还有着精深的饲养骏马的本领。造父知道,在东海岛的一个叫龙川的地方,生长着一种野草叫"龙刍"。当时有句古语流传得非常广:"一株龙刍,化为龙驹。"这种神奇的植物有一个特别的功效——普通的马吃了之后会跑得很快,据说可以日行千里。普通的野马尚且如此,若是这八匹骏马吃了那还了得? 于是,造父把八匹骏马带到了龙川,把它们养得肥壮强健。它们各怀技能,让看过的人难以忘怀,据说有的可以腾空飞行,有的速度堪比天上的飞鸟,有的可以日行万里而从不停歇,有的甚至背部长出了翅膀。

后来,造父把这八匹马进献给了穆王,穆王如获至宝。穆王此次巡游天下,路途遥远,特意请造父前来帮他驾车御马,带着大批贴身随从,选了一个吉利的日子,就朝着西方一路出发了。穆王这次出行最大的目的就是想见见他仰慕已久的西王母, 顺便欣赏路边美妙的风景, 体验游玩的乐趣。他在阳纡(yū)山见到了水神河伯,在休与山遇见了性情温良的帝台,在昆仑山游览了黄帝的官殿,在赤乌族接受了赤乌人奉献给他的美女,在黑水受到了长臂国人的热情招待。

　　眼看就要到达大地的最西边了,远处逐渐浮现出崦(yān)嵫(zī)山的轮廓,这就是西王母生活的地方,也是每天太阳日落的归处。穆王不禁心旷神怡,心想马上就能见到西王母了,命令造父加快速度,朝着崦嵫山的方向奔去。

　　到达崦嵫山后,穆王跟着山上的引路使者见到了西王母,并献上了他为这次见面提前准备好的圭、璧作为礼物,以表达他对西王母的敬意。西王母受到了拥有至尊地位的周穆王的崇拜,自然十分开心。不仅如此,穆王还征得西王母的同意,借用瑶池这块极乐宝地,准备了一场精美的宴席,要和西王母举杯畅谈。席间,西王母为了表达对这周穆王的谢意,竟然亲自为穆王献唱了一支旋律美妙的民谣:

　　　　　白云高高悬在天上,

　　　　　山陵的面影自然显现出来。

　　　　　你我相去,路途悠远,

　　　　　更阻隔着重重的河山。

　　　　　愿你身体健康,长生不老,

　　　　　将来还有再来的一天。

　　听到西王母的亲自献唱,穆王激动万分,赶紧回唱了一首:

　　　　　我回到东方的国土,

　　　　　定把诸夏好好地治理。

等到万民都平均了，

我又可以来见你。

要不了三年的时光，

又将回到你的郊野。

在宴席上，两人你来我往，觥筹交错，把酒言欢。酒足饭饱后，西王母盛情邀请穆王前往崦嵫山的山顶散心赏景。到了山顶，穆王顿时被眼前的美景所震撼，立刻差人在山之巅竖起了一块大石碑，并亲自在石碑上刻下了"西王母之山"五个大字，还记下了此次和西王母相见发生的事情。此外，他还让人在石碑的两侧种了槐树，再次表达了对西王母的敬意，也为了纪念自己和西王母之间的友情。

穆王在西王母这里待了数日，享受了尊贵的待遇，也实现了内心多年的梦想，感到不虚此行。分别的时候，他依依不舍，不禁忧愁伤怀，临时作诗一首献给了西王母：

自从我来到西方，

就住在西方的旷野；

老虎豹子和我同群，

乌鸦喜鹊与我共处。

我守着这一方土地而不迁移，

因为我是华夏古帝的女儿；

只可怜我那些善良的人民呀，

他们又将和你分别，不能跟随你去。

乐师们吹奏起笙簧，

心魂在音乐里翱翔；

万民的君主呀，

只有你是上天的瞩望。

一曲歌罢，穆王又与西王母互道珍重，才踏上回归故里的旅途。

周穆王的宝物

　　穆王这一路西行，不仅遇到了很多有趣的事情，结交了不少朋友，还收获了很多小国进献给他的宝物。其中有几件比较值得一说。渠国国主送他一面叫火齐的镜子，有数米之高，即使在夜晚，也可以把人照得清清楚楚。西胡的国主进献了一把昆吾割玉刀和一只夜光常满杯，昆吾割玉刀刀身巨大，即使是坚硬的玉石，在它的刀刃之下也像泥块一样被瞬间切碎；夜光常满杯则是用天下最精美的白玉制成，每到夜间，玉杯就发出明亮的光芒，把天空照得就像白昼，更神奇的是，只要在夜晚把杯子放在房外，杯口朝天，它就能积蓄天地的精华和祥瑞，将它们幻化成延年益寿的甘露，聚集在杯中。据说周穆王就是因为经常喝这个玉杯里的甘露，再加上经常外出游玩散心，很少为繁琐的国事操劳，最终活了一百零五岁。

偃师的神技

　　穆王依依不舍地告别了西王母，却没有立刻返回宫中，而是驱赶马车继续向东南方向奔去。东南边有个很大的沙漠，随从们听说沙漠里环境恶劣，极力劝说穆王不要进入。但是穆王对沙漠充满好奇，规劝的人越多，他越想进去一探究竟。无奈之下，随从们只好陪着他，朝沙漠深处走去。

　　沙漠里酷热难耐，沙子很厚，有时还会刮起大风，吹得沙子遮天蔽日，看不清前方的道路。马热得张大嘴巴，人也累得全身大汗，穆王等人艰难前行，口干舌燥，饥渴难耐。刚开始的时候，沙漠里有条小河，可以为他们提供水分，但随着越来越深入沙漠的中心，温度越来越高，河水也逐渐干涸，穆王渴得心烦气躁，忍不住发火，吓得随从赶紧慌张地四处找水。浩瀚的沙漠里水源本来就罕见，随从们也累得精疲力竭，去了很久都没有回来。

眼看穆王已经奄奄一息，张着干裂的嘴唇不断地往外吐气，一个名叫高奔戎的贴身护卫急中生智，掏出腰间的佩刀猛地向身边的马脖子捅去。马痛得嘶吼着在沙子里翻滚，从裂开的伤口中流淌出一股热腾腾的血液。高奔戎赶紧从怀里掏出随身携带的酒壶，接了满满一壶马血，又扶起躺在不远处的穆王，把马血递到了他的嘴边。穆王慢慢睁开眼睛，一看是喝的，也不管是散发着腥味的血了，大口大口地吞咽着，不一会儿就喝完了。慢慢地，穆王的脸上泛出了红晕，呼吸也渐渐平稳下来。高奔戎杀马救主的行为深深打动了穆王，穆王掏出贴身戴着的玉佩送给了他。随从们纷纷学他，也喝了马血，恢复了体力，这才原路返回，逃出了这片沙漠。

在回国的途中，有人向穆王进献了一名工匠，名叫偃师，说此人技艺超群。穆王看着面前这名其貌不扬的工匠问道："大家都说你厉害，你到底有什么绝活呢？"偃师恭敬地答道："大王想要看什么，我就能做出什么。正好我已经做好了一件东西，可请您先看看。"穆王迫不及待，就和偃师约定，让他明天把做好的东西带来。

第二天，偃师果然遵守约定，带着一个穿着奇装异服的人前来拜见。穆王早已和自己的爱妃、臣子围坐在大厅周围，等着看好戏。穆王发现前来的不止偃师一人，就开玩笑道："这个人是谁？不会就是你说的制作出来的东西吧？"偃师胸有成竹地笑答："大王真是聪明，这个人就是我造出来的一个假人，他最拿手的就是唱戏。"穆王听后大吃一惊，旁边围观的人脸上也露出了怀疑，因为这个人看起来有血有肉，一点没有呆板的感觉，实在不像是一个假人。

偃师心中窃喜，心想：让你们大开眼界的时候到了。只听偃师一声令

下，旁边的这个怪人就开始手舞足蹈起来，嘴中还哼着小曲儿，声音悠扬动听，舞步也跳得协调曼妙，和真人一模一样。看到眼前这一幕，穆王和众人都傻了眼。正当偃师心中得意的时候，这个怪人突然给了穆王爱妃一个色眯眯的眼神，上下打量着王妃丰腴的身体。穆王气得拍着桌子站了起来，认为这确实是个真人，一声令下，宣布处死这个敢于戏弄君王的偃师。

偃师吓坏了，赶紧伏地求饶，解释道："请大王听我一言，他真的是一个假人，千万不要当真。"说着，他赶紧站了起来，三下五除二就把这个怪人的肢体、脑壳摘了去，用手撕开了怪人的胸膛，刚刚还好好的一个人瞬间变成了摊在地上的一堆野草、木头、皮革以及五颜六色的颜料。原来这个怪人真的是假人。还没等穆王反应过来，偃师又赶紧把地上散落的零部件快速拼凑在一起，只见一个与先前一模一样的怪人再次出现了。

这下子，大家都心服口服了，穆王也慢慢消了怒火，既然是假人，还有什么好生气的。穆王本身就欣赏身怀绝技的能人，赶紧下了诏书，不仅给偃师赏赐了丰厚的珍宝，还差了一辆豪华的马车，拉着偃师一起回国。

勇敢的高奔戎

　　高奔戎在沙漠里救了穆王一命，穆王对他感激不尽。高奔戎对穆王可以说是忠心耿耿，一直守护着穆王的安全。据说有一次穆王外出打猎，高奔戎提前赶往狩猎现场探查场地，忽然发现路边的草丛中潜伏着一只巨大的猛虎，正在张牙舞爪地嘶吼着。高奔戎心想：这只猛虎肯定会惊吓到穆王，甚至会危害穆王的性命。于是，他独自一人跳进草丛中和老虎搏斗。力大无比的高奔戎没几下就降伏了老虎。穆王知道后，被他的这种护主精神深深打动，亲自赐给了高奔戎四十匹健壮的骏马。后来，这头猛虎被关押在一个叫东虢（guó）的地方，后来的人把那里称为"虎牢"，就在今天河南省的荥阳县西北境内。

偃王传说

周朝统治时期，有个很小的国家，叫徐国。有一天，宫里发生了一件怪事，一个宫女怀了孕。这个宫女尽力地掩饰，终于到了临盆那天，但生下来的却不是一个啼哭的婴儿，而是一个肉球。这没有鼻子、眼睛的怪物把宫女吓了一跳。宫女担心这会给自己带来霉运，便偷偷溜出了宫，把肉球丢弃在水边。这件事也就不了了之了。

恰巧，河的附近住着一个孤寡老人，养了一条叫鹄苍的大狗，鹄苍非常贪玩，喜欢在水边到处闲逛。那天晚上，鹄苍仿佛闻到了什么味道，穿过草丛，嗖一下朝着肉球的方向奔去。大狗盯着这个热乎乎的肉球，想必也是被吓住了，没敢吃了它，反而叼着它跑回了自己的狗窝，用自己的体温来给肉球温暖。

突然有一天，这个肉球慢慢裂开，一个婴儿出现了。婴儿发出刺耳的啼哭声，惊动了在屋子里睡觉的老人。老人慌忙穿起衣服朝狗窝奔去，只见鸪苍的身边躺着一个小孩，脸朝着天空大声哭喊，模样可爱极了。老人根本无法寻找孩子的父母，便决定把他收养下来，取名为"偃"，偃就是仰着的意思。

老人捡到了一个孩子的消息很快从邻里的嘴巴里传了出去，宫女很快也得知了这个消息。宫女一打听才知道，那个孩子是老人的大狗从河边叼回来的，肯定就是自己生下的那个肉球变的。宫女自责无故抛弃了自己的孩子，心中一阵痛楚，于是偷偷出了宫，向老人讲述了之前发生的事情，把孩子从老人那里接了回去。

小家伙慢慢长大，看起来虎头虎脑的，聪明可爱。因为宫女对收养孩子的老人充满了感激，所以从小就教导偃要仁厚宽容，与人为善。长大成人的偃自然也成了一个仁爱的人。因为受到百姓的爱戴，偃被大家拥护着成为了徐国的国王，被人们尊称为徐偃王。

当了国君后，偃王在全国推行仁政，子民们都被教化得友好和睦。他的品行不仅受到了子民的认可，还让当时天下的诸侯津津乐道、大为称颂。偃王把徐国治理得蒸蒸日上，又眼看着周穆王整日贪玩，不理朝政，他的心中逐渐生出了取代周天子的想法。当时的周穆王外出游玩，周国内部人心涣散，正是起义的好机会。偃王为了确保战争的胜利，偷偷地召集了大量的民夫，在邻近的蔡国和陈国之间凿挖了一条河流，直通向周朝的都城，通过这条水路就可以大大缩短进攻的路程，增加了取胜的概率。谁也没有想到，在开凿运河的时候，民夫们从湿润的泥土中挖出了一把通体泛红、精美绝伦的弓箭。在土里挖出宝物本来就是一种充满吉利的先兆，消息很快传了出去，邻近的诸侯都惊叹："这是上天的旨意，赐给了偃王一把神弓！"于是，诸侯纷纷前往徐国请求归顺，徐国的势力一下子变得强大起来，足以和周国一较高下。偃王眼看着天下的局势走向，心中充满了信心，决定举兵北上，向周国进发。

可惜的是，偃王有着致命的性格缺陷——他有才有谋，唯独缺少魄力，做什么事都优柔寡断、思前想后，都已经如此兴师动众了，还是只敢派出小股军队去试探，这就给了穆王充分的反应时间。还在远处游玩的穆王接到了来自国内的情报，才知晓偃王有了叛逆之心，立刻命造父驾车，一日千里地赶回了都城。这下子偃王傻了眼。他天性多虑，一看到对方来势汹汹，又情不自禁地想到战争中肯定会有无辜百姓受到牵连，于是下令一路撤退到了一座深山幽谷中，从此再也不出来了。这场本来可以取胜的战争，就这样虎头蛇尾地败在了偃王自己的手里。

但是偃王的仁爱还是被大家广为传颂。即使躲进了大山里，还是有很多徐国的子民前赴后继地追随他，定居在了大山深处。后人就把这座山取名为徐山。偃王在山中修身养性，在山岩上凿出一间石房，在里面度过了自己与世无争的晚年。后来当地百姓自发地铸造了偃王的塑像，摆放在他居住过的这间石屋里，留给后人祈祷、缅怀。

徐偃王的爱好

　　偃王从小就有个小爱好。和穆王一样，他的好奇心很重，常常对自然中存在的奇珍异兽有着浓浓的兴趣。他经常派人四处给他寻找怪兽，把它们通通饲养起来，陈放在宫殿的大厅里，就像是一个私人的小型博物馆，供自己闲暇的时候自在观赏。但是这点小爱好丝毫不会耽误他处理朝政，跟穆王比起来，真的是不足挂齿。

杜伯复仇

穆王活了一百零五岁，去世了。周朝的王位又向下传了好几代，传到了周宣王。宣王不像他的父亲厉王那样残忍无道，德行端正，是子民心中的贤君。那时候的周朝国运已经逐日衰败，少了当年的大国风采，好在宣王勤政爱民，国家稍稍有了好转的气象。

然而，即使是德才兼备的贤人，也无法保证一生中不做一件糊涂的事，毕竟不是圣人，人都有犯错的时候，宣王也不例外。更荒唐的是，宣王竟然因此惨死在一个复仇的冤魂手中。

宣王有个爱妃被宣王宠得骄横跋扈，经常做出一些不好的事情。当时宣王有个名叫杜恒的臣子，对宣王忠心耿耿，因他的封地在杜，人们又叫他杜伯。但是，有一天，这个妃子无意间看见了年轻英俊的杜伯，对他念念不忘，竟然一心想勾引他做自己的情人。杜伯天性正直，直接拒绝了妃子的请求。她恼羞成怒，掩着面哭哭啼啼地跑到宣王那里恶人先告状："大王，你要替我做主啊！杜伯居然在宫中对我行为不轨。"看着爱妃一脸的委屈和悲伤，宣王心中不自觉地燃起一阵怒火，立马差人捉拿了杜伯，把他关押在朝中的监狱里，还派身边的亲信亲自审问。

遭遇牢狱之灾的杜伯自然少不了受皮肉之苦。无论宣王的亲信如何逼迫，杜伯都不承认自己没有犯下的罪行。杜伯有个很好的朋友叫左儒，也在朝中做官多年，对杜伯的品性非常清楚。于是，左儒直接跑到宣王面前替杜恒申冤："大王，杜伯是一个忠臣，没有查明真相，严刑逼供，会错杀好人的。"

宣王的怒火此时还没平息，这下更是气得来回踱步："你好大的胆子，居然袒护自己的朋友，为了一个好色的罪臣来顶撞我！"左儒微微一笑，振振有词地回复道："大王息怒，不管在我面前的是大王还是朋友，谁有理我就顺从谁。即使您是大王，做错了事情，我也只好违背您的命令。有气节的人从不无缘无故找死，但也不轻易改变自己的正确主张。我愿意用我的死来替杜伯担保，这件事就是王上做错了！"

宣王气得失去了理性，脸憋得通红，大声吼道："来人，现在就去牢中杀了杜伯！"左儒看见宣王这么顽固，气得冲向了身边的石柱，生生撞死了。

杜伯看见侍卫们拿着刀剑冲进牢房，知道自己时日不多了。临死前，他心中满是冤屈，呐喊着："我是清白的，我不会饶恕冤杀我的人！如果人死之后没了魂魄，我也就认了；如果精气还在，我要化成一股冤魂，三年之内，我必要杀我的人付出沉重的代价！"

侍卫们执行完任务，把杜伯临死前的誓言传达给了宣王，宣王听了，吓得浑身冰冷。但仔细一想，一个死去的人还能做出什么大事呢？无非就是死前的发泄罢了。时光匆匆，三年快要过去，宣王早已经忘记了当年杜伯的话。

但是该来的总会来。一天，宣王带领众臣外出狩猎，声势浩大，整个山林都回荡着车马的轰鸣声。忽然，一辆纯白色的骏马拉着一辆纯白色的车子出现在混乱的人流中。车与马的颜色是那么的与众不同，立刻就引起了众人的注意。透过白色的纱帘，人们隐隐约约看见一个穿着大红色长袍的男人坐在里面。当时正好是艳阳高照，宣王伸着头目不转睛地看向车中，忽然一阵山风吹过，纱帘掀了起来，吓得宣王立马面容失色，差点从马车上摔落下来。原来车子里的那个人正是三年前死去的杜伯，他的脸上毫无表情，眼中充满戾气，整个面部没有一点血色。

这时，其中一位侍卫大声喊叫："是杜伯！保护王上！"顿时，场面陷入了混乱，大臣们吓得四处逃散，宣王也在侍卫的保护下快速地向安全的地方奔去。只见杜伯的白色马车瞬间飞驰起来，带起的风吹得林中树叶瑟瑟发响，很快就赶超了宣王的马车，停在了前方。杜伯在车上凝视着宣王，抬起双手，一手拉弓一手持箭，只听嗖的一声，一支箭朝宣王射了过去。还没等侍卫反应过来，只听一声闷响，箭射在了宣王的心口上。宣王的鲜血浸透了衣裳，疼得连喊叫的气力都没有了。接着，一阵阴风吹过，奔驰的骏马受到了惊吓，车子猛地左右摇晃，身负重伤的宣王在车里受到了车身反复的碰撞，脊椎断了，很快便死去了。

惊魂未定的侍卫们赶紧上前探视宣王，此时，杜伯驾驶的白色马车早已消失在树林之中。

伯劳鸟的传说

　　人特别容易受到谗言的蛊惑，不明事理，失去理性和客观的判断力，做出让自己悔恨的事情。宣王正是这样，不仅错杀了忠臣杜伯，更是把自己的性命也赔了进去。同样，宣王在位时的另一位大臣尹吉甫也是因为听信后妻的谗言，失去了自己的爱子伯奇。

　　尹吉甫的妻子在伯奇还没成年的时候就因病去世了，后来，尹吉甫又娶了一位美丽的女子。这个女子进门没两年，就又给尹吉甫生了一个男孩，尹吉甫高兴极了，给他取名叫伯封。伯奇和伯封兄弟俩天性善良，关系很好，整天在一起玩耍。但后妻心里总是有个疙瘩，一心想把伯奇赶出家门，这样伯封才能继承尹吉甫的家产和官位，自己也能保全在家中的地位。这个念头随着伯奇一天一天长大而让她越发焦虑，终于，她想到了一个办法。

　　此时伯奇已经长成了小伙子，相貌英俊，身材挺拔。一天，后妻故作委屈地跑去见尹吉甫，一头扎进他的怀里，哭哭啼啼地说："老爷，你那儿子伯奇欺负我不是他亲娘，居然、居然私下对我有男女之情，趁着没人的时候调戏我。"尹吉甫听后一愣，自言自语地说道："不可能啊！伯奇是我从小看着长大的，他敦厚老实，品行端正，不会做出有悖伦常的事的。"后妻听后不依不饶地说："你就是偏心！不信，你明天早上躲在后花园的楼台里看着。伯奇约我明天上午在花园里见面，就怕他对我还有过分的行为呢。"

　　尹吉甫半信半疑，只能先答应了后妻，心想只能亲眼看到才能做出判断。第二天一大早，伯奇像往常一样去给父亲请安，路上要经过家中的后花园。后妻做好了准备，在花园里故作等待，等着伯奇进入她设计的圈套；尹吉甫也早就站在了远处假山的楼台中，静静地眺望着即将发生的一切。

　　后妻事先偷偷捉了十多只蜜蜂，裹在自己衣服的褶皱和衣领中，当伯奇低头走近时，她忽然大喊起来："啊！有蜜蜂，有蜜蜂！"伯奇听到后母的呼叫，赶紧跑过去帮助后母驱赶蜜蜂。蜜蜂围绕在后妻的身边嗡嗡地不肯离去，伯奇只能一手扯住后母的衣服，一手驱赶蜜蜂，后母则故作挣扎推搡的姿态。假山上的尹吉甫看到这一幕，雷霆大怒。因为距离太远，尹吉甫听不到他们说的话，也看不清蜜蜂，只能看到伯奇拉扯着后母的衣服。这下，尹吉甫心中完全消除了先前的怀疑，差人把伯奇抓起来痛打一顿，赶出了家门，发话从此不要再和这样的儿子见面。

　　伯奇心中充满委屈，被赶出门的时候太过匆忙，只来得及带走了自己心爱的琴，苦闷的时候只能抚琴解愁。伯奇衣衫褴褛，衣服上还有着早已干结的血迹。他独自游走在一片江水边，一想到抛弃了自己的父亲，就悲痛欲绝。他知道自己掉入了后母的圈套,但是一切都晚了。家中只有弟弟伯封还时时惦念着哥哥,经常偷偷地溜出家门四处寻找,但每次都没有找到,时间长了,伯封也死了心。

天气逐渐转寒,伯奇只能勉强捡拾一些树叶干草抵御饥饿和寒冷。清冷的江水安静无声,水边的草叶和沙石上附着了一层薄薄的白霜,更是增添了伯奇心中的凄凉。伯奇为了释放心中的不满,触景生情,便经常在江边弹着琴,哼唱着自己编写的歌曲《履霜操》:

> 踏在冰冻的霜上,冒着清晨的风寒,
>
> 父亲不了解我的心啊,信了后母的谗言。
>
> 离别了亲人啊,痛伤我的肺肝!
>
> 老天啊老天,我有什么罪您?
>
> 你叫恶人享福,让善良的人受难,未免恩情有偏!
>
> 天哪!谁能来看顾我,听我申诉愁冤?

一天,伯奇觉得自己这样苟且活着实在是没有一点意义,一曲弹完,他就抱着琴跳入了江水之中,慢慢沉了下去。水中的河神一直听着伯奇的琴音,对他充满同情,看见伯奇跳水自尽,河神赶紧派自己的水将把他接到自己的水府中,给他服了一粒药丸。从此伯奇就拥有了长期在水下生活的能力,在水府居住了下来。

但活下来的伯奇还是没有忘却心中的哀伤和对父亲的思念,经常在水府中抚琴吟唱,凄美的声音穿透水面,听到的人都忍不住驻足聆听。刚好这天,尹吉甫陪伴宣王外出打猎,来到了这条河边,也被水中传出的《履霜操》吸引住了。宣王闭着眼感叹:"多么感人的旋律!"身边的尹吉甫望着眼前茫茫的水域,就像是心灵感应一般,喃喃说道:"这声音怎么那么像我的孩子伯奇的声音?难道是他在唱?"尹吉甫眉头紧锁,心中暗想,也许是自己思子心切产生的幻觉吧。

回到家中的尹吉甫对今天在河边听到的曲子念念不忘,总觉得伯奇没有走远,还活在自己的身边。伯奇离开的这些年里,后妻越发骄横,没有了之前的贤惠,仿佛变了一个人。尹吉甫胸中更是充满了疑虑,生怕自己误解了伯奇,做出了傻事,害了自己的儿子。于是,尹吉甫私下差人到处打探伯奇的下落,想亲自问明白那天到底发生了什么。

可是,这一切都来得太迟了。郁郁寡欢的伯奇由于常年忧虑悲伤,茶饭不思,很快憔悴了下去,死在让他最后寄托哀思的水府。派出去的人始终没有打探到伯奇的下落,尹吉甫也就慢慢地死了心。幽怨而死的伯奇幻化成一只鸟,冲破水面,飞到了岸边的桑树上。这只鸟全身长满了灰褐色的羽毛,拖着一根长长的尾巴,不停地对着天空发出凄凉的鸣叫声:"决呀——决呀!"

一天,外出散心的尹吉甫再次经过这片河水,路过了那棵桑树,听到了这只鸟的鸣叫。也许是父子间的心灵感应,尹吉甫被鸟儿的悲声所打动,眼睛里闪着怜惜的光,对着鸟儿问道:"你的声音充满了悲伤,使我想到了我的儿子。你是不是伯奇?伯奇还活着吗?如果死了,你是不是就是伯奇的精气幻化出来的?"

话音刚落,面前的这只鸟儿更加用力地扑棱着翅膀,叫声更加激切

了。尹吉甫再也控制不住自己的哀伤，失声痛哭起来，颤抖着声音喊道："鸟儿，你若真是伯奇所变，赶紧飞到我的车上来，我带你回家；如果你不是，就赶紧飞走吧，请不要在这儿继续增添我的烦恼。"

还没等尹吉甫擦干眼泪，鸟儿就径直地飞到了他的肩膀上，用深情的眼光看着尹吉甫。尹吉甫的思念终于有了寄托，虽然伯奇已经死了，但是这个鸟儿还活着，尹吉甫决定带着鸟儿回家好好喂养。

刚进家门，鸟儿就迫不及待地飞入家中，再次凄切地鸣叫起来。后妻听到一阵阵刺耳的鸟声，不耐烦地从屋中跑了出来，大声说道："这是什么怪鸟，长得又丑，声音还难听。"尹吉甫心中压抑着愤怒，故作淡定地说："这就是被我们赶出去的伯奇，他流浪在外那么多年，死后变成了鸟儿。"后妻听后觉得荒唐可笑，毫不在意地说道："这我还是第一次听说，人死了会变成鸟。伯奇那个调戏后母的坏蛋，变成了鸟也不是什么好鸟。"

尹吉甫听后气得火冒三丈，正准备教训一下后妻时，听闻哥哥回来的伯封欢快地跑了出来，看着鸟儿开心地叫道："原来你就是我的哥哥啊，太好了，我们又可以像之前那样在一起玩耍，永远也不要分开了。"

后妻看到自己的儿子那么没出息，随手拿起身边的笤帚就对鸟儿挥去，口中还不停地骂道："你这不吉利的丑鸟，快走！人死了都不让我们安宁。"尹吉甫见状，对后妻失望透顶，原先还指望她能有所忏悔，没想到竟是这般嘴脸。他气得冲进屋内拿出了自己狩猎用的弓箭，对着后妻一箭射去，后妻就这样死在了伯封和鸟儿的面前。

伯封看到自己的母亲流了很多血，吓得哇哇大哭起来，尹吉甫赶忙上前抱起伯封说道："她已经不是你的母亲了，她是个用心险恶的坏人，你不要害怕，我和哥哥会一直陪伴着你。"接着，尹吉甫对伯封说明了事情的真相。

从此以后，父子俩就和这只鸟儿相依为命，尹吉甫由于内心愧疚，经常对着鸟儿说："真是劳苦你了！" 所以后人就给这种鸟儿取了个名字叫"伯劳"。到现在，每年的夏天，我们还可以在树林深处听到它们凄厉而激越的鸣叫声。

宠妃褒姒

在宣王的父亲周厉王在位的时候，朝中一直储藏着一个神秘的木匣子，大家只知道从周朝建国起，这个匣子就从祖先的手里传了下来，至于里面装的是什么，因为从来没有人打开过，也没人知道。大家只听说这个木匣子里面装的是很重要的东西，不能轻易打开。

原来，早在夏朝快要崩塌的那会，也许是上天的警告，一天，两条妖龙从天而降，恰巧落在了夏国的大殿之上。这两条龙一雄一雌，在大殿之上公开交尾，并且宣称它们是褒国的国王和王后。大臣们个个都吓得不敢靠近，认为这件事情很不吉利。正当大家一筹莫展的时候，占卜官赶紧占了一卦，向夏王说道："请大王赶紧下令准备好玉、马、皮、圭、璧、帛六种物品，供奉两条妖龙，再把我们的想法写在竹简上，恭敬虔诚地向它们祈祷，待它们飞去之后，把它们遗留下来的龙漦（sī）收藏起来，就可以逢凶化吉。"

夏王听了,赶紧按照占卜官所说一一置办起来,没想到这办法果然奏效,两条龙在众人的祈祷声中缓缓升起,驾着云彩飞走了。夏王马上差人拿只木匣子把龙漦封藏了起来。这件事就算这样结束了,这个木匣子从此以后再也没有人提起过,渐渐被大家忘记了。就这样,这个匣子一直向下传,传到了周朝。

可惜,厉王耐不住好奇,竟然偷偷地打开了匣子,想看看里面到底藏着什么好东西。没想到刚开了一条缝,里面立马冒出了腥臭难闻的气味,把厉王恶心得手一哆嗦,匣子摔在地上,里面藏着的龙漦流淌了出来,紧紧地粘在了地上。厉王命人又是拿水冲,又是用布擦,就是清理不了这摊让人作呕的污物。于是,荒唐的厉王想了一个让人不忍直视的办法:厉王听说不穿衣服的女子可以驱灾避难,就马上从后宫叫来众多宫女,在大殿之上脱了衣服,对着龙漦大声呐喊,企图把这堆垃圾吓跑。没想到,龙漦仿佛充满了灵性,瞬间汇聚在一起,变成了一只大蜥蜴,从宫女们中间快速穿行过去,朝着厉王的后宫方向跑去了,吓得宫女们在大殿上乱蹦乱跳。

后宫的人听说一只巨大的蜥蜴爬了过来,纷纷四处逃散,只有一个七八岁的小宫女,腿脚没有大人利落,被横冲直撞的大蜥蜴撞翻在地。受到惊吓的小宫女也没有太在意,没想到,那蜥蜴在和小宫女碰撞的一瞬间,在她的身上播下了妖龙的种子。宣王在位的时候,这个宫女长大成人,肚子毫无缘由地渐渐大了起来,最后生下了一个女婴。宫女心里充满了恐惧,觉得这是一件古怪的事情,吓得没敢多看女婴两眼,就将她丢弃在了宫墙外面。

就在宫女丢弃女婴之前的一两年,民间开始流传一首儿歌:

山桑弓，其草袋，

灭亡周国的祸害。

这首歌一直困扰着宣王，他一心想找到这首歌隐藏的深意，除去这歌里唱的导致周国灭亡的祸害，便暗中派了许多侍卫去民间暗访，却始终一无所获。

就在女婴出生的那天傍晚，一对做手艺活儿的夫妇用扁担挑着用山桑做成的弓箭和用其草编织的箭袋，来到大街上叫卖。"卖山桑弓喽！卖其草袋喽！大家都过来看一看啦！"潜伏在市集中的暗探一听有人呼喊着"山桑弓、其草袋"，和歌谣中说的一模一样，赶紧循着声音奔了过去。夫妇二人毫不知情，看见远处几个佩着刀剑的人向自己冲来，吓得拔腿就跑。

夫妇俩常年奔波在外，脚力很好，一路逃到了宫墙的墙脚下，正在不知该往何处去的时候，身边的草丛中传来了一声婴儿的啼哭。夫妻俩借着月光，循着声音，扒开草丛一看，原来是个被遗弃的女婴。夫妻俩成婚多年，一直没有孩子，这个女婴长得眉清目秀，让人怜爱，便决定领回去好好地把她养大。他们把孩子小心放在担子里，悄悄地逃出了周国，朝着一个叫褒国的小国奔去。

夫妻俩本就生活清贫，收留的女婴又给他们增添了生活的负担，他们就在褒国落脚，投靠了当地一个名叫褒姁（xǔ）的贵族，成为他家的奴隶。虽说成了别人的奴隶，但毕竟吃得饱、穿得暖。女婴逐渐长大，主人就按照当时的风俗让她跟着自己取了"褒"姓，大家都称呼她为褒姒。

那个时候，周朝当政的已经是宣王的儿子周幽王。周幽王在历史上很有名，他暴虐无道，臭名昭著，简直可以和夏桀王、纣王相提并论。一天，褒姁到周国办事，无意之间得罪了幽王，被关押到了监狱中，受尽折磨。褒姁知道幽王贪恋美色，一下子想到了自己家中那位名叫褒姒的奴隶，于是请求幽王给自己一个弥补罪过的机会，进献一位绝世美女以表诚意。幽王一听是个美女，立马刻答应了褒姁的请求。

幽王一见到褒姒，立刻被她精致的容貌和婀娜的身姿吸引，直勾勾地看着她，眼睛都不舍得多眨几下。褒姒从小吃尽了苦头，所以整天闷闷不乐、郁郁寡欢。幽王多次谄媚地向她表达爱意，赏赐了很多的珍宝，褒姒始终不为所动。越是难以取悦，越是让人无法自拔，习惯了女人对自己巴结讨好的幽王，反而被褒姒与世无争的气质所折服，对她的喜爱也与日俱增。

受到幽王宠幸的褒姒很快就生下了一个儿子，幽王开心得不得了，给孩子取名叫伯服。当时，幽王已经立了太子，但是伯服的出生让幽王的心思活络了起来。他想废掉王后和太子，让自己最爱的褒姒和伯服取而代之。但是，即使身为君王，也不能随意地废掉王后和太子，总得有个合理的理由才行。幽王想出了一个办法，一天，他带着幼小的太子去后花园游玩，却差人准备了一只老虎，关在虎笼里。幽王趁太子玩耍之际，悄悄地打开笼子，然后和侍卫远远地躲了起来，期待着老虎吃掉太子，好名正言顺地除去他。令人吃惊的是，老虎出来后，面对淡定稳健的太子，一动也不动。太子怒目而视，大叫了一声，老虎吓得一下子蔫了，老老实实地耷拉着耳朵趴在了地上。幽王只好无奈地走了出来，对着太子苦笑。

为了除去太子，幽王没少花费精力，下了好几次圈套，也许太子是个多福之人，每次都能逢凶化吉。最后，幽王终于失去了耐心，不顾众人的反对，随便找了一个理由，把太子和王后给废黜了。

褒姒风风光光地成为王后，朝中的大臣对她心存不满，但是幽王对褒姒宠爱有加，大臣们也不敢胡乱非议，只能腹诽。幽王整天被褒姒迷得晕头转向，无心朝政，国事被当时一个叫尹氏的贵族搅得鸡飞狗跳，百姓的生活也与日俱下，国运逐渐衰败下来。

也许是天帝对幽王的无道也极为不满，幽王在位期间，民间发生了很多怪异的事情，像是国家即将灭亡的先兆。据说周民族的起源地岐山崩塌了，只剩下一堆残壁朽木；岐山的河流干涸，断了水源；城中一头野牛突然变成了一只老虎，而一户人家的羊突然变成了狼，整天跑到集市上祸害人命，搞得人心惶惶、民心不稳。

朝中一片叹息，大臣们都纷纷把矛头指向了蛊惑帝王之心的褒姒，气得把她和曾经祸国的妹喜、姐己相提并论。一个叫作伯阳的史官一心觉得事态蹊跷，于是整日在藏书房里翻阅周国的史书，找寻褒姒的出身，结果考据出褒姒原来是妖龙的后代。伯阳不禁黯然神伤，瘫坐在地上，悲伤地叹道："祸害已经造成了，就要亡国了！"

烽火戏诸侯

　　幽王丝毫没有察觉到自己国家的动荡和人民的怨声载道，整天围着褒姒转。褒姒从入宫到成为王后，就从来没有笑过。无论幽王对她怎么疼爱呵护，她都是一副闷闷不乐的样子。幽王便整天绞尽脑汁想办法逗褒姒开心，好博得美人一笑。

　　幽王想了很多有趣的点子，但是褒姒都不为所动。后来，他想到了一个好主意，这就是历史上著名的"烽火戏诸侯"。就是因为这个"好主意"，幽王最终丧了命，周朝百年的基业坍塌了。

　　当时周国邻边并不是很太平，有很多少数民族对周国的财富虎视眈眈。为了保证边疆的军情及时快速地传达，周国都城和边疆的道路上筑起了众多的烽燧台。一旦边疆或者都城发生了战争或者政变，守在烽燧台上的士兵都会发出警报：如果是白天，光线耀眼，士兵们就会点起用狼的粪便做成的燃料，烧起来后冒出的烟可以笔直地升上天空，即使遇到了大风，烟也不会被吹散，从很远的地方就能看得见，军中的士兵都称之为狼烟；如果是晚上，士兵们就会在台上架起桔（jié）槔（gāo），上面放上柴草，燃起熊熊烈火，在黑漆漆的夜晚显得格外耀眼。所以，只要烽燧台上的狼烟或火把一起，战士们就知道国家处于危难之中了。就这么一个与国家命运联系紧密的建筑，幽王居然为了一个女子的开心，在烽燧台上开起了玩笑。

一天，幽王带着褒姒在城楼上观光，幽王下令点起城墙上的狼烟。都城附近的诸侯一看都城发出了求救信号，以为周天子身处危险之中，赶紧整装出发，几个方向的人马浩浩荡荡地向都城奔去。由于人马众多，城外集市挤满了人，匆匆赶到的诸侯发现都城太平无事，心中不免纳闷。这时，车马陆陆续续地来到城门口，吓得百姓四处逃散，受了惊吓的马仰首嘶鸣，战车和士兵跌跌撞撞，现场一片混乱，就连军旗都摔落在地上任人踩踏。看到城下平时威武勇猛的诸侯如今就像是热锅上的蚂蚁，褒姒感到十分滑稽，便哈哈大笑起来。这一笑真是美极了，幽王惊喜万分，高兴得手舞足蹈，心中充满了成就感。

诸侯听到城墙上传来大王哈哈大笑的声音，抬头一看，都呆住了。幽王站在城楼上不知廉耻地说道："你们都回去吧，这是本王跟大家开的一个玩笑，哈哈哈，寡人的王后终于开心地笑了。"

诸侯这才反应过来自己受到了玩弄，心中不免充满了抱怨和气愤，郁闷地回去了。从此，幽王一发不可收拾——只要褒姒不开心，幽王就命人点起烽火。起初大家还会一次次地赶来救驾，但是次数多了，人们再也不

相信烽燧所传递的信号，认为这又是幽王玩的把戏，来的人就越来越少了。

此时，周朝到了岌岌可危的地步。幽王之前废除的王后的父亲申侯在朝中很有势力，本来就对自己女儿和外孙的遭遇心怀不满，一直想找个机会推翻幽王的统治。眼看时机已经到了，申侯四处游说，说服了缯、西夷、犬戎等周边几个部落，联合举兵，一下子攻破了幽王的城池。

身处深宫的幽王一听申侯造反，顿时吓得乱了阵脚，只能连声喊着："赶紧点起狼烟，召唤诸侯前来救驾。"可惜大家已经对京城的狼烟失去了信任，纷纷开着玩笑："估计今天王后又不开心了。"就这样，一个士兵都没有赶来，幽王手无缚鸡之力，死在了起义军的乱刀之下。褒姒也被犬戎民族俘获，成了奴隶，被带到西方边疆去了。

申侯起兵取得了胜利，大臣们拥戴前太子继承了王位，成为后来历史上有名的周平王。平王忌惮着西方日益强大起来的少数民族部落，为了维护京城的安定，他把都城一直向东迁移到了洛邑。在历史上，人们把迁都后的周朝称为东周。

苌弘化碧

周平王定都洛邑时，周朝已经开始国运渐衰了。王位向后又传了十代，传到了周灵王。灵王在位时，整个周朝已经名存实亡，周边的诸侯国根本不听天子的号令了，就连定期朝拜天子的国家大典，诸侯都是频频缺席，可见周天子的威严已经不再。

说到灵王的外表，那真是威武挺拔，气度不凡，而最让他得意的是上唇长的一对浓密上翘的八字胡须，衬得他勇猛阳刚。灵王特别看重这两撇胡须，常常以此自夸。大臣们就给他起了一个雅号叫"髭（zī）王"。

光有威严的外表还不够，灵王决定修建一座巨大的建筑，这样才可以配得上自己非凡的样貌，体现天子的风范，才会让诸侯心服口服地前来朝见，保全自己的颜面。

主意已定，灵王便下令动用大量的钱财，从民间召集了上万民夫，折腾了十多年,建了一座可以和鹿台媲美的高台楼阁,取名叫"昆昭台"。这昆昭台耸入云霄,站在顶端可以眺望天下。对此,灵王还不满足,为了更好地凸显天子的威严,还差人在一个叫崿(è)谷的山谷里找到了一棵百米高的大树。这棵古树枝杈繁茂,树干粗壮,最奇特的是,树干上的纹理形态各异,就像是盘踞着珍奇异兽,有的像是游走的巨蛇,有的像是怒吼的猛虎,有的像是腾飞的神龙。灵王对这棵树爱不释手,费了很大力气,把它拉到了昆昭台。接着,灵王又召集了天下的能工巧匠对这棵大树进行充分的利用,粗的树干被锯成了光滑的柱子,充当房屋的顶梁;细的枝干被切成平整的木块,作为屋檐的斗拱。本来大树上面就已经天然形成了很多动物的样貌,匠人们稍稍修饰一下,整个形象就更加活灵活现。整体看去,仿佛有众多奇珍异兽游走穿行在房梁之间,充满了野趣。

然而,令灵王失望的是,尽管花费了如此大的气力修建了昆昭台,却仍然没有多少诸侯前来朝觐。独自坐在昆昭台上的灵王内心感到了无比的寂寞和恼火,脑海中立刻想到了朝中的大夫苌弘。苌弘博学多识,被大臣们尊称为智多星,灵王就宣召苌弘前来宫中寻求对策。

苌弘出生在蜀地,长得一副仙风道骨的模样,身形高大消瘦,眼角微微上翘的眼睛里闪烁着智慧的光芒。苌弘刚一进门,灵王就迫不及待地问道:"大夫,现在诸侯都不听我的号令,周王逐渐丧失了震慑天下的威严,如何才能让他们前来朝见呢?"苌弘一听,不慌不忙地回道:"大王别急,我倒是有个办法。当年武王兴兵讨伐纣王的时候,姜太公也用过类似的方法。"

听到这话,灵王提起了兴趣,向前微微倾着身子,好奇地问道:"你说说看。"

苌弘缓缓地解释道:"当年武王伐纣的时候,提前约定了众多诸侯国联合作战。但当时文王刚去世没多久,武王的威严还不足以号令天下,丁侯就没有听命前去。于是,姜太公为了稳定武王的王者地位,想到了一个好办法。他在纸上画上丁侯的人像,钉在了木板上,每天都用弓箭去射人像。连续射了三十多天,丁侯就得了重病。丁侯叫人算了一卦后才知道生病的缘由,便赶紧派了人前往朝觐武王,承认了自己的错误,表示愿意追随武王一起出战。姜太公这才作罢,把画上的箭一支支拔了去,丁侯的病也就慢慢痊愈了。"

灵王听了之后,虽然口中连声称赞,但是心中还是充满了疑虑。苌弘看出了灵王对自己的怀疑,便胸有成竹地说道:"我有两位仙友,有着高深的法术,我想明日引荐给大王,如何?"灵王听了,不禁拍手称许,心想,如果苌弘的仙友法力高深,那苌弘自然也是本领非凡。

第二天,灵王和苌弘如约来到了昆昭台,这里早已备好了美酒佳肴,满朝百官早已坐好,都想看看仙人的仙术,一睹风采。苌弘慢慢起身来到台顶的中央,大家都屏住了呼吸,眼睛眨都不眨地看着苌弘。只见他嘴中念着听不清的祝祷词,紧闭着双眼,对着天空一挥衣袖——天上立刻汇聚起两团云朵,刚才还是晴空万里,现在已是乌云密布,两团云朵闪耀着金光,慢慢降落在苌弘身边。接着,云朵缓缓散去,走出了两位长相奇怪、身穿羽衣的仙人。

灵王眼见仙人下凡,不敢怠慢,连忙起身邀请仙人入座享用美酒佳肴。众人相谈甚欢,也对两位仙人恭敬有加,整个氛围其乐融融。酒过三巡,忽然,其中一位仙人兴致勃勃地说道:"天气炎热,大家吃饱喝足,不免觉得有点燥热难耐,我来施法下点霜雪,让大家凉爽一下,如何?"仙人说完,就端起酒杯小啜了一口,对着天空喷了出去。只见刚才还是晴空万里,现在已经寒风瑟瑟,雪花像鹅毛一样从天而降,冻得大臣们不停哆嗦。灵王见状,赶紧差人找来了棉被大衣,大家纷纷裹着取暖,这才稍微好了些。正当大家缩头哈气时,另外一位仙人也不甘示弱,慢慢站起身来,笑道:"这也太冷了,我来让大家暖和暖和。"说着,他便用手指头在桌子上轻轻敲了三下,顿时,密布的乌云消失得无影无踪,太阳火辣辣地炙烤着大地,热得众人大汗淋漓,众人赶紧脱去了大衣。

灵王和大臣们见识到了仙人的本领,不禁拍手称绝,楼台上一片热闹。灵王开怀畅饮,召唤歌童舞女前来助兴,众人在音乐声中举杯言欢、觥筹交错,一直吃到了夕阳西下才结束。两位仙人乘着云彩,飞向了天边。经过此事,灵王自然对苌弘刮目相看,第二天就急着召苌弘进殿施展法术,好让诸侯前来朝拜。

苌弘吩咐下属找来了几十只死去的野猫,砍下猫头,插在一米多高的竹竿上。接着,苌弘来到宫中的御花园,选中了一块空地,把这些竹竿排成一排插在地上。远远看去,猫头黑乎乎的,仿佛晒干了一样,绿油油的眼睛看起来很吓人,让人不寒而栗。苌弘又把各国诸侯的名字分别写在小木牌上,依次挂在猫头的后脑勺上。按照太公的方法,苌弘每天都拿着箭对准猫头不断射去,大概过了十多天,所有猫头上都插满了箭,有的插在眼睛里,有的插在额头上。

苌弘和灵王坐在殿中,对灵王说道:"大王不必着急。猫头上射满了竹箭,过不了多久,那些不肯前来朝见的诸侯就会身缠重疾,那时他们自会主动前来请求您的宽恕。"灵王听了,心中一阵窃喜,气定神闲地坐在殿中喝茶,好生得意。但是过了很多天,朝堂之上还是安静如常,门官没有前来禀报诸侯求见的消息。灵王心中渐生焦虑,苌弘也坐不住了,忍不住派人前往各国打探。第二天,侍卫们纷纷回来汇报,苌弘才得知自己的法术没有应验,诸侯身体好得很,一点疾病都没有。

苌弘这次彻底丢了面子,不仅受到了灵王的责备,还遭到了大臣们的非议,简直是无地自容,羞愧得好几天都没有去上早朝,整天无精打采地躺在自己的卧榻上,自言自语道:"怎么我的法术不灵验了呢?"苌弘翻来覆去,不得安宁,思考了很久才恍然大悟:"当年姜太公为了辅助武王讨伐昏君,不得已使用了这个下策,他的初衷是为了匡扶正义、成就大业;而如今我的目的,只是因为国家日渐衰落,为了让大家前来觐见,满足君王虚伪的面子。这两个动机相差太远,所以没有感动上天。"

灵王虽然对苌弘有所不满,但是那次楼台施法呼唤仙人的场景还历历在目,所以就没有多说什么,时间久了,这件事也就过去了。然而,苌弘施法的消息从宫中传了出去,口口相传的力量非常强大,很快各国诸侯都知道了。尤其是当时强势的诸侯霸王晋平公,更是气得火冒三丈。晋平公把这件事铭记在心里,一直没有忘记。当时晋国有个有名的贤臣叫叔向,聪慧过人,是晋平公手下不可多得的谋臣。叔向知道晋平公想要除去苌弘的想法,便灵机一动,用手捋着自己的胡须说道:"您想要除去他,也并不是很难。请给我准备数辆马车,我亲自前往周国一趟,我自有办法让周王亲手杀掉苌弘。"

晋平公平日对叔向十分信任,见叔向如此信誓旦旦,心中大喜,赶忙下令准备了五乘车马,派叔向作为使臣前去洛邑。来到灵王面前,足智多谋的叔向行了跪拜之礼,并在话语之间表达了对灵王的敬佩之情。虽说晋平公没有前来,但是有叔向这样的重臣亲自前来,灵王已经非常满足了,这毕竟是一个好的开始。灵王设宴款待叔向,替他接风洗尘,还挽留他小住数日,并亲自带他参观了巍峨壮丽的昆昭台,以展示自己作为天子的风采。在此期间,叔向多次在灵王面前和苌弘相谈甚欢,还曾独自乘车拜访苌弘的住处,灵王心想,两位智者在一起肯定有投机的话题,也就没有太过在意。

到了叔向回国的时候,灵王再次摆下宴席为他饯行。送别宴上,大家把酒畅言,一片热闹。这时,叔向趁大家都在畅饮的间隙,偷偷在自己的座位下丢了一封自己提前模仿苌弘字迹所写的信件。酒足饭饱之后,叔向匆匆告别,回国了。这时,侍从无意间发现了这封遗落的写满字的信函,赶紧交给灵王。灵王在半醉半醒之间打开,定睛一看,原来是苌弘的字迹:请代我转告平公,我和他之前商讨的那件事,现在时机已经成熟了,赶紧发兵吧。灵王看完,不禁大怒,喘着粗气,两撇胡须气得直抖。

灵王派人赶紧追赶叔向,想抓他回来严刑审问。可惜,叔向心思缜密,做好了万全准备,早已连夜赶回晋国了。灵王认得苌弘的字迹,这本就无可狡辩,再加上叔向、苌弘的密切交往,还有苌弘施法失败……这一系列事情,都快速闪现在灵王的脑海中,让他失去了理性。灵王立刻下令捉拿了苌弘,将他关在了牢中,判处死刑。

执行死刑的那天,天空刮起了大风,低垂的乌云压得人透不过气来,仿佛上天也在感叹苌弘的冤屈。苌弘被侍卫们绑在两辆方向相反的马车上，这是一种极其残忍的执行死刑的方式，人们称之为"车裂"。苌弘满怀悲痛，大声呼喊："灵王，那是叔向的陷害，我是冤枉的啊！"此时的灵王早已失去了理智，不听苌弘的任何解释，一声令下，两匹骏马奋力向各自的方向奔去，苌弘就这样被处死了。

民间还流传着这样一种说法：灵王一心念着苌弘之前为国家做了很多事情，就没有处死他，而是将他放逐到他的故乡去了。回到家乡的苌弘忍受不了这种屈辱和陷害，难以平复心中激荡的情绪，还是自杀了。蜀国人民深知苌弘在周国做官时忠心耿耿、一心向主，到头来换得这样的一个下场，哀怜他死得忠烈，就用一个木匣子收藏了他的血液埋入地下，告慰亡灵。数年后，装着苌弘鲜血的那个木匣子被人无意间挖开，里面居然化成了一块晶莹剔透的碧玉，耀眼极了，后人对此惊叹不已，于是有了"碧血丹心"的说法。

师旷直谏

　　每个国家都有自己出名的人物，就像是周国有苌弘，晋国除了前面提到的叔向，还有一位就是师旷了。师旷是晋平公在位期间的一个乐官，精通韵律，擅长弹琴。虽然师旷的眼睛看不见东西，但是他的耳朵非常灵敏，任何大自然的轻微声响都逃不过他的耳朵，一阵风吹过，师旷也可以捕捉到里面蕴藏着的声调。

　　闲暇时，师旷经常坐在自己的园中抚琴冥想，琴声一响，悠扬的旋律穿透云层，引得天上的仙鹤都忍不住降落凡间，在师旷的园中翩翩起舞。有一次，师旷如往常一样，坐在园中弹起琴来，声音一起，天地间都充斥着美妙的音乐声。这时，十六只黑色的仙鹤拨开云层，腾云驾雾，排成一排，整整齐齐地飞落在园子中央。仙鹤们伴着音乐，展开翅膀，在院子里悠然自得地跳起舞蹈。它们的口中都含着一颗夜明珠，照得庭院五光十色，煞

是好看。正当仙鹤们跳得起劲的时候，一只仙鹤嘴中的夜明珠不小心摔落在地上，那只丢了珠子的仙鹤急忙到处寻找，鹤群顿时乱成了一团。这时候，平公刚好前来拜访师旷，看到了这一幕，忍不住哈哈大笑起来。

有一次，平公让人用青铜铸造了一口大钟，这口钟看起来十分巨大，稍微一敲就发出洪亮的声响，震人心魄，让听到的人难以忘怀。平公的乐师们纷纷赞叹不已，只有师旷在一旁直摇脑袋。平公好奇，就问师旷："你觉得这口钟的声音如何？"师旷颇为不满地说："钟声不协调，需要砸烂重新铸造。"平公原本兴致勃勃，却被当头泼了一盆冷水，非常不开心："那么多乐师都说没有瑕疵，就你一人说不好！"

师旷听出平公的语气中带着不快，但丝毫没有改变自己的观点："没关系，您总会遇到真正懂音乐的人，要是那个人再指出这个钟的瑕疵，我才真替您感到害羞呢！"平公听了十分气愤，却也无可奈何。直到有一次，卫灵公带着自己的乐官师涓拜访晋国，平公想起了那口大钟，急忙让人抬了过来，命人敲出声响，然后赶忙询问师涓的意见。师涓和师旷一样敢于直言，他摇着头说道："声音不协调啊！"平公这才心服口服，更加相信师旷在音乐上造诣不凡，并且对他的耿直性情大加赞赏。

说起师旷的耿直，更是发生过很多有趣的事情。有一次，平公宴请群臣，把酒畅饮，大家都喝得醉醺醺的，摇头晃脑，餐桌上一片狼藉。席间，平公不禁感慨："天下最快乐的，应该就是做帝王了吧？只要你一下令，还有谁敢违抗呢？"端坐在平公身旁的师旷一听这话，觉得平公这句话说得甚为不妥，便循着声音，举着自己的琴向平公所在的方向砸去。师旷真是一个敢于直谏的忠臣，有谁敢如此对待自己的国君呢？平公被师旷的举动吓了一跳,看到飞来的木琴,顿时消了酒意,往后一个趔趄,才躲了过去。琴从平公的眼前飞了过去,狠狠地砸在墙上,把墙砸出了一个大口子。

平公非常生气,但出于对师旷的尊敬,还是克制住了情绪,疑惑地问道:"太师,你这是为何啊?"师旷整了整衣服,不慌不忙地说道:"我刚才听到主君那个方向有个小人在胡说八道,所以拿琴砸他,不让他蛊惑主君的心。"平公这才吁了一口气,哭笑不得:"太师,你酒喝多了,耳朵也不灵了吧,刚才说话的人是我啊!"师旷摇摇头,淡定地回道:"原来是主君在说话啊!刚才那话不应该是一个国君该说的呀!"平公这才恍然大悟,领会到了师旷的深意,自觉羞愧难当。宴席散后,大臣们纷纷退下,平王特意交代侍从:"这墙上的口子不用补了,就这样放着吧,好时刻给我警示。"

当时的晋国国力逐日强盛,邻边的周国虽是天子执掌,但也对晋国充满了忌惮。当时周国的两块土地——声就、复与,被晋国蛮不讲理地据为己有,平公当时是诸侯中的霸主,地位显赫,很多小国也对他有所归顺,所以灵王对晋国无计可施。周国当时有一个年幼的太子叫晋,聪慧过人,从小就具有渊博的学识和卓越的远见。当时周国都城洛邑附近有谷水和洛水两条河流,一天,这两股水流汇聚在一起,冲破了堤岸,泛起洪水,淹没了街道,老百姓出行非常不便。灵王一时心急,赶忙下令侍卫用泥土筑造围墙把洪水堵在城外。但太子仔细分析了地形和河流的走向,觉得父王的对策不妥,赶紧跑到灵王面前详细陈述了不可围堵洪水的缘由。这件事让太子晋的名声大噪,小小的年纪,就具有了过人的远见和缜密的思考,实在是难得。

平公自然也知晓灵王有个聪明能干的太子。那时候,周国才是晋国最大的威胁，平公心里并不怕周灵王，而单单怕上了这个小太子。平公整日心想：这个小家伙现在就如此聪明，那要是以后继承王位成为天子，晋国还有好日子过吗？一想到这，平公就心事重重，夜不能寐，太子晋也就慢慢成为了平公的一块心病。

叔向深知平公的忧虑，于是再次申请前往周国试探一下太子晋的本领。周灵王后来知道错杀了苌弘，对叔向还是心存不满，但是毕竟过去了那么多年，两国的友好相处才最重要。叔向来到洛邑后，灵王还是客气地接见了他。叔向和灵王经过一阵畅谈，提出想前去看望还未成年的太子，以表达尊敬。其实叔向的心中是想着打探清楚这孩子到底有没有那么聪慧。出人意料的是，博学的叔向根本不是太子的对手，还没和晋对答几个问题，就已经哑口无言了。叔向叱咤于国事外交那么多年，这次竟然败在了一个娃娃手里，尴尬的同时不免心中充满忧虑，这么厉害的太子，以后做了天子，肯定是晋国的强劲对手。

回到晋国后，叔向如实向平公汇报了打探到的情况："这个太子实在太厉害，也就十五岁，我和他交谈没多久就谈不下去了。我想还是把原本就是周国的那两块地还回去算了，这孩子以后成了天子，肯定会借这个机会找我们麻烦的。"

平公听后，心中暗暗纠结起来，不禁感叹灵王怎么生出了这么一个厉害的太子。师旷在一旁倒是不以为然："主公不必急着归还田地，不如再派我前去周国一趟，也许会有新的转机。如果我也被问住了，再还田地也不迟啊！"平公看着一把年纪的师旷，不好反驳，心里也没有抱多大希望，只好应允了。

于是，师旷以音乐交流的名义乘着马车来到了周国，见到了太子后便不慌不忙地与他交流起来。太子的才思敏捷、见多识广让师旷深深折服。师旷想走近一点，打探太子的身体情况，便灵机一动，提议和太子一起鼓瑟，欢歌一曲。太子欣然答应，命人拿来了两把瑟。太子和师旷相并而坐，你唱我和，直到天色已晚，才依依不舍地分别。

师旷回到晋国，喜忧参半地说道："这个太子是真的有才啊，不仅口才超群、才思敏捷，而且精通乐理，的确是不可多得的人才。只可惜，当我借机走近他的时候，我能听到他的声音中夹杂着一丝痰喘的音调，我能肯定太子的身体底子不好，恐怕他的寿命不会很长。那两块田地可暂不归还，我们再等等看。"

果然，没过几年，周国太子晋去世的消息就传遍了各诸侯国。从此，平公的心病不治而愈，再也没有什么顾虑和忧愁了。

王子乔的传说

　　灵王的太子晋还有个名字叫作王子乔。王子乔在世时的聪慧早已被人津津乐道,关于他的归去,也流传着很多传说。有人说,王子乔并没有在年轻的时候因为身患重疾死去,而是被一个道士点化,隐居山野,修道后升天成了神仙。

　　在和师旷的切磋中,我们已经领略到了王子乔在音律上的才能。王子乔最拿手的乐器是笙。他吹笙的声音就像是凤凰在鸣叫,听到的人顿时感到心旷神怡。一天,王子乔在山中吹笙,一个叫浮丘公的道士被声音所吸引。浮丘公循着美妙的音乐声找到了王子乔,只见眼前的这个年轻人清逸洒脱,有着一副道骨仙风的气度,就带他到了嵩高山上。山上有座道观,王子乔在里面待了好多年,完全沉迷在修炼悟道中,与家人断了联系。直到有一天,一个叫柏良的老友在山中游玩时无意间发现了这位失踪很久的朋友，赶紧问道："你这么多年都去哪儿了？"王子乔心意已决，让柏良回去转告自己的家人："请你回去后告诉他们，我要修道升天去了。你让他们在七月初七那一天，来缑（gōu）氏山下和我一见，我要和他们告别。"

得到爱子消息的灵王，在七月初七那天，早早地来到了缑氏山下，仰着头四处张望，果然发现王子乔骑着一只白鹤停留在山顶上。由于山峰陡峭，无法攀爬，灵王只好在山脚下远远看着王子乔，眼中早已充满了泪水。灵王不停地呐喊："你要去哪儿？赶紧和我回宫吧！"王子乔一言不答，只是深情地看着自己的父王，过了很久，王子乔终于还是驾着白鹤朝着天空飞去，逐渐消失在洁白的云朵中。王子乔什么也没有留下，只是从云端落下两只绣着精美花饰的布鞋，算是留给父王的唯一纪念吧。

后来人们听闻了这个美丽的故事，就把缑氏山称作"抚父堆"，山崖上还修建了一座庙宇，取名叫"子晋祠"。每次经过抚父堆，人们都可以隐隐约约地听到远处传来动听的笙管声，就像当年王子乔吹的那般美妙。

据说王子乔在嵩高山修道的时候，有一个叫崔子文的年轻人前来拜师修行，王子乔想试探一下他有没有求道的悟性，就施展道法把自己幻化成一条白蜺（ní），一瘸一拐地从道观里走了出来。崔子文一见之下，大惊失色，吓得全身冒汗，连忙拿起身边的行囊朝白蜺砸了过去。瞬间，白蜺消失不见了，只在原地留下了一只王子乔的布鞋。崔子文惊魂未定，总觉得这只鞋子蹊跷古怪，不是什么吉祥之物，就顺手拿了身边的一个竹筐盖在上面。没过多久，筐子下面传来了嘎嘎的奇怪的鸟叫声，还没等崔子文走近观察，就见筐子忽然被掀了起来，一只乌黑的大鸟从里面飞出来逃走了。崔子文求道的事情就这样莫名其妙地落空了，最后只能在集市卖卖药丸，勉强度日。

也有传说，王子乔并没有成仙升天，而是被秘密埋葬了起来。有人猜测他的墓地就在长安的茂陵，在西晋乱世的时候，有盗墓贼挖了通道进入墓地中心，结果除了一口木棺，什么宝贝也没有，让人大失所望。只是在棺椁的上方悬挂着一把宝剑，盗墓贼多次想取下这个唯一值钱的东西，但是每次一接近，宝剑就会微微颤动，发出老虎嘶吼般的声音，听起来让人毛骨悚然。盗墓贼都望而生畏，不敢轻易强取，只能在旁观望。后来，宝剑发出轰的一声巨响，冲开墓道，朝着天空飞去，转眼间就消失不见了。

文武双全的孔子

　　除了周国的苌弘和晋国的师旷，再往后没过多久，鲁国也出现了一个名扬天下的人，他就是人人皆知的孔子。孔子出生的时候，长相奇特，脑瓜的中间凹下去一块，看起来就像是当时鲁国的尼丘山，所以父母就给他取名叫丘，后人也就称呼他为孔丘。孔子很小的时候，父母就因病去世了。长大后的孔子身材高大，看起来非常健壮，邻居们都亲切地喊他"长人"。

　　孔子为人谦虚，从不炫耀自己的才能。他自幼练习射箭驾车，长大后技术已经非常纯熟了。孔子当年在瞿相的园子里射箭，吸引了很多百姓前来观看，把园子围得水泄不通。但是每当人们称赞他的时候，孔子都会说："这没什么，我只不过就是会驾车射箭罢了。"

　　孔子不仅武艺超群，而且博学多才、知书达理，对人谦卑恭敬，身上一点都没有武夫的粗莽无谋，反而从骨子里透出文人的儒雅温润，甚至有的时候都让人觉得他过于小心谨慎了。当时鲁国城门上的门梁因为年久失修变得有点腐朽，风一吹过，就会发出吱吱呀呀的声音。一开始，人们经过这里，都会快速走过，生怕木头掉下来砸伤了自己。但时间长了，人们也习惯了，进出城门的时候也就不在意了。只有孔子每次经过都会刻意弓着腰，快速跑过。看到的人都对他开玩笑说："城门这样已经很久了，你还怕什么？"孔子振振有词地回道："就是因为这个样子很久了，才更要小心提防点，指不定哪天就掉下来了。"

不仅如此，孔子还是一个非常注重德行的人。有一次，孔子远行途中，经过一个叫作胜母的地方，这时夜幕已经降临，赶路的人辨不清方向，孔子打算就地休息，等天亮后再继续前行。但是转念一想，"胜母"二字有"胜过母亲"的寓意，对母亲非常不敬，于是立刻起身，继续摸黑向前走去。还有一次，天气炎热，只身在外的孔子饥渴难耐，忽然发现前方有一口井，顿时心生欢喜，走近正要取水准备畅饮一番时，才发现这口井上刻着"盗泉"两个字，这个名字实在不雅，有辱气节，于是孔子一口水都没喝，继续上路了。

孔子平生最崇拜的人就是周文王，甚至到了痴迷的地步，在生活中刻意揣摩着文王的生活习惯，加以模仿。孔子听闻文王特别喜欢吃用菖蒲做的酱，但菖蒲的气味特别难闻，孔子难以适应，每次都屏住呼吸进行尝试，用了三年的时间才养成吃菖蒲酱的习惯。另外，孔子本来滴酒不沾，当知晓文王酒量很大时，孔子下定决心也要成为一个能喝酒的人，果然后来孔子能一口气喝十多杯，喝完后仍健步如飞。

孔子自幼就喜欢音乐，精通音律。到了中年，孔子听闻鲁国有一位叫师襄的乐师琴艺超群，尤其擅长击磬（qìng），就登门拜访，请求拜师学艺。师襄早就听说过孔子的美名，不禁感叹他竟然如此好学，就应允了。

有一天，师襄教授了孔子一首古琴曲，但这首曲子年代已久，师襄也有多年没再弹起，就忘了它的名字。孔子认真学习，也就过了十多天，孔子已经弹奏得非常娴熟了，师襄非常满意地说道："你弹得已经很流畅了，可以练习下一首了。"孔子连忙婉拒了老师的建议，很不满意地说道："这首曲子是练习得非常熟练了，但是音律之间隐藏的乐理我还没有领悟。"于是孔子日夜反复练习着这首曲子，过了几天，师襄又说："从你的弹奏中，我能感受到你领悟了这曲子的乐理，现在已经差不多了。"孔子还是略有愧疚地说："但是这首曲子的创作者在创作的时候，到底想表达什么，我还是没有弄明白。"师襄被孔子的执着所说服，只好让孔子继续练习下去，又过了段时间，师襄从孔子弹奏的旋律中听出了深意，忍不住说道："现在你已经感悟到了这首曲子的感情，可以学习其他的曲子了吗？"孔子还是不知足，固执地说道："还是差了些火候，因为我还没有从这首曲子中，感受到作者的为人。"师襄被孔子的执着所打动，就不再干扰孔子的钻研，任由他继续练习下去。终于有一天，孔子在院子里闭着双眼，熟练地弹奏着这首曲子，陶醉其中，不能自拔。只听这乐曲庄严肃穆，让听到的人仿佛徜徉在浩瀚的天地之间，无意间经过的师襄被孔子弹出的美妙琴声所打动，不禁在一旁点头赞扬。

此时孔子忽然停止了弹奏，抚摸着琴弦，眼神里带着悲伤，深情地注视着前方，喃喃说道："我真的看见了他，这个人在旋律里若隐若现，在我的脑海中挥之不去。他黑黑的皮肤，高高的身躯，视力有点不好，眯着眼眺望着远方,但能感觉得到,他有着王者的风度、宽阔的心胸。"

站在一旁的师襄听了后不禁大喜,若有所思地问道:"你刚才说的这个人就是这首曲子的作者吗?"孔子此时还沉浸其中,慢慢地回道:"是啊!"师襄恍然大悟,赶紧对孔子拜了两拜,恭敬地感叹:"您真的是一位贤人啊,我一下子想起来了,当初我的师父教我这首曲子的时候,他就说过这首乐曲名叫《文王操》,那曲子的作者正如刚才您描述的那样,就是周文王啊!"

孔子对音乐的痴迷,从另一件事上也可以看出。那时候,鲁国的国事被孟孙、叔孙、季孙儿位权臣搅得乌烟瘴气,国家逐渐衰弱。已过而立之年的孔子实在无力改变国家的颓败,一气之下,驾着车投奔齐国去了。刚到城门外,孔子就看到一个小孩子在自己的马车前奔跑着,孩子长得俊俏极了,跑着跑着,孩子放慢了脚步,站立在原处,一动不动,直愣愣地盯着前方,失了神,好像被前方某种无形的力量吸引住了。孔子非常好奇,掀开车帘,把头探了出去,朝着孩子目光的方向看去。此时,从齐国的都城传来了一阵阵曼妙悦耳的乐声,孔子这才明白,原来名满天下的名曲《韶乐》的演奏开始了,这孩子肯定是被这旋律给吸引住了。

孔子也急忙加快速度朝齐国奔去,这首《韶乐》是舜遗留下来的名曲,需要用笙箫等管乐器演奏,每每响起,恰如鹤唳九天,响彻云霄,给人如沐浴春风的感觉。孔子没想到居然在齐国亲耳聆听了演奏。一曲结束,美妙的旋律犹在耳边徘徊,久久不能散去,孔子一见到人就难以抑制内心的兴奋:"听了这首曲子,居然连吃肉都失去了滋味,这首曲子让我太快乐了!"

孔子的父亲叔梁纥

　　孔子善于驾车射箭，身上充满了力气，这点像极了他的父亲。孔子的父亲叫孔纥（hé），天生一副巨大的身躯，力大无比，还曾因此立下了战功。春秋时期，鲁国联合周边几个小诸侯国一起攻打一个叫偪（bī）阳的小国。没想到，偪阳人非常顽强，军民一心，奋力反抗，加上城池的墙壁坚硬无比，始终没有被攻破。突然有一天，偪阳人打开了城门，缓慢地出城列阵，各诸侯国喜出望外，以为攻城的好时机到来了，于是一阵鼓鸣和呐喊，将士们嘶吼着向偪阳城门杀了过去。没想到，这是偪阳人设下的陷阱，眼看着敌人奋勇杀来，偪阳人故意装成自己力量很弱的样子，慢慢向城内退让。等到各路军马冲进城门后，才知道原来里面还有一道城门，这就是古代引敌入城、围而歼之的瓮城啊！还没等士兵们反应过来，只听城门发出轧轧的轰鸣声，眼看就要放了下来。正在这千钧一发的危急时刻，突然一个壮汉从人群中挤了出来，踏着大步跑到了城门口，用自己壮实的身躯把闸门顶在了半空中，这个人正是孔纥。就这样，困在瓮城里的将士们得以脱身，偪阳的计划没有得逞。后来，鲁国公特意封孔纥做了鲁国陬（zōu）邑的大夫。

博闻多识的孔子

自古以来，人们就口口相传着众多的传说故事，田野街道都传唱着丰富的童谣民歌，这里面积攒了祖先们的智慧和经验。孔子不仅谦虚好学，而且博闻强识，他从里面汲取营养和知识，听说了世间很多的新奇事物，也给周围的人解答了不少难题，在人们的心中，他就是一位博物学家。一旦大家遇到什么疑问，都会第一时间想到孔子。

有一天，鲁国的大夫季恒子在自家的院子里挖井，忽然一锤子下去，听到咚的一声巨响，好奇的季恒子赶紧用手扒开，在松软的土壤中发现了一只瓦盆，里面居然有一只羊。这只羊长相奇特，季恒子也从没见过，就派人向孔子请教。府上的一个下属见状，想了一个鬼主意，准备刁难一下孔子，不怀好意地说道："大家不都说孔子见多识广吗？何不考验考验他，就说从井里挖出了一只狗，听听他怎么说。"季恒子听后哈哈大笑，应允了他的想法。孔子听说季恒子府上挖井挖出了一只狗,便皱紧了眉头,心中充满了疑惑,慢条斯理地分析起来:"按照你所说,那应该不是一只狗,而是一只羊才对啊!我听说,木头和石头里的怪物叫夔(kuí)魍(wǎng)魉(liǎng),水中的怪物叫龙冈象,土中的怪物叫羵(fén)羊。你们从土里挖出的怪物,应该就是这只羊吧!"前来请教的家仆听后不禁被孔子的才学所折服,赶紧跑回府中,将孔子说的话一字不漏地回禀了季恒子,季恒子和出了那个鬼主意的下属听后也忍不住连连称赞:"孔子真是个博学的人啊!"

孔子所处的那个年代,正是诸侯争霸、战事频繁的时候。那时,鲁国的邻邦吴国国力昌盛,一次,吴国攻打越国,越王勾践没有抵挡住吴国猛烈的进攻,被困在越国的会稽山下。吴王带兵占领了会稽山,摧毁了山上的城池,就在清理废墟的时候,不经意间发现了一块巨大的骨头,引来了将士们的围观。这块骨头太大了,几十名士兵用了九牛二虎之力,累得气喘吁吁,才勉强将它装在最大的一辆战车上。吴王站在巨骨的旁边,喃喃自语:"这块骨头,既不是人类的骨头,也不像是普通野兽的骨头,到底是什么来头呢?"吴王早就听闻孔子的名声,特意差使臣前往鲁国请教。使臣匆匆来到鲁国,直奔孔子的家中,好奇地问道:"什么东西的骨头才是最大的呢?"孔子闭着眼睛思考了一会儿,淡定地回答:"这我倒是没见过,不过我从小就听人说过,大禹治水的时候,曾在会稽山这个地方与天下群神相见,商讨要事,大家都准时赶到了会稽山,只有防风氏姗姗来迟,错过了约定的时间。大禹非常生气,一怒之下就将他处死了。传说防风氏体形巨大,足足有十米多高,一根骨头用一辆车子才拉得动,我想他的骨头应该是最大的了。"使臣听完,知道孔子所推测的信息与骨头的发现情况完全相符,心中暗自佩服,于是满意地谢别离去。

没过多久,鲁国的邻国齐国也发生了一件怪事。一天,齐景公正在朝堂上和大臣商讨国事,听到屋檐外发出咕咕的怪声,大臣们伸头向外看去,只见一只长着一条腿的怪鸟从天而降,直接穿过屋檐,飞到了大殿的中央。齐景公吓了一跳,正准备下令捉拿,这只鸟却缓缓张开翅膀,在大殿上旁若无人地跳起舞来。因为怪鸟只有一条腿,身子不能保持平衡,跳舞的时候摇摇晃晃、前俯后仰,就像是喝醉酒的模样,惹得众人哈哈大笑。这样一只不知名的怪鸟突然降临王宫,大家也不知道这到底是祸是福,齐景公一时没有办法,也只好派人前往鲁国请教博学的孔子。

来臣详细地描述着怪鸟的行为,孔子听完后若有所思地说道:"我之前看过邻居家的孩子玩的一个游戏,他们蜷着一条腿,用另一条腿在地上跳来跳去,颤颤巍巍,还不停地哼唱着:'商羊都跳起舞来了! 天肯定快要下雨了! 大家赶紧回家吧! '你说的这只怪鸟应该就是商羊。你回去告诉齐景公,赶紧修建堤坝沟渠,以防大雨成患。"

齐国使臣听后匆匆赶回齐国,把即将到来的灾难转述给了齐景公。齐景公听后,毫不怀疑孔子的才学,下令让全国百姓做好防雨防洪的准备。果不其然,没几天,齐国所在的东北区域就下起了多年未见的暴雨,一下就是好几天,河流积水成灾,溢出河道、涌入城池,淹没了田地,冲毁了百姓的房屋,整个北方一片狼藉。只有齐国听从了孔子的明示,早早做好了准备,幸运地躲过了一劫。齐景公在心中感叹:孔子真的是一位圣人啊,所说的话真是丝毫不差。

孔子的名声传遍了诸侯各国,百姓们都纷纷颂扬着孔子的才华,只要有人向孔子寻求答案，孔子都能凭借着自己一点点积攒下来的知识给予合理的回答。一天，孔子和学生子夏在外游玩，看到了一只长着九条尾巴的大鸟，子夏连忙询问身边的路人，大家都纷纷摇头表示不知道。子夏只能请教孔子，孔子毫不犹豫地回道："那是鸧（cāng）。"子夏不解地问道："老师怎么知道？"孔子微笑着回答："我在河上游玩的时候听打鱼的百姓唱过一首歌：'鸧啊鸧啊，你身上的羽毛乱蓬蓬，一个身子九个尾。'所以我猜你说的应该就是鸧。"

虽然孔子解决了很多人的疑问，博闻多识的名声传遍天下，但是孔子也不是无所不知的。难得的是，孔子每次遇到自己不懂的事物，都能虚心地向别人请教，从来不觉得自己的学识有多么渊博。孔子的学问，就是在这样日积月累的学习和观察中，慢慢积攒下来的。

项橐难倒孔子

孔子那么博学，肯定有人会问：孔子难道就没有被问题难住的时候吗？当然有，但是孔子每次都会谦虚地向别人请教，从不觉得这是一件可耻的事情。在众多难住孔子的故事中，最被大家津津乐道的，就是孔子和项橐的故事。

有一天，孔子驾车在东方巡游，遇到几个孩子正在路边玩耍，孩子们嬉笑追逐，只有一个六七岁的小孩在一旁默默地看着。这个小孩看起来很消瘦，但长得很精神，有着大大的脑袋和一双灵动的大眼睛。孔子好奇地上前问道："你怎么不和他们一起玩啊？"孩子摇着头回答："玩游戏有什么用呢？无论什么游戏到头来都是你争我斗，没有带来任何的好处，也不能收获知识，与其在这消磨时间，还不如回家舂米来得实在。"

然而，孩子毕竟是孩子，看到小伙伴们又玩起筑城的游戏，他终究还是按捺不住爱玩的天性,跑到路边抱起石头和泥块,在道路的正中间围成了一个圈,站在里面不动了。孔子被这孩子的天真逗得哈哈大笑,赶紧说道:"孩子,这是你的城池吗?你是守城的将军?可是为什么你的城池不避开我的马车呢?"孩子噘着嘴巴,翘起眉毛,毫不示弱地说道:"看您温文尔雅,说话慢条斯理的,也像是一个贤者君子。难道您就不懂,自古以来只有车辆绕开城池,没有城池躲开车辆的道理吗?"

孔子被小孩伶俐的口才吸引住了,心中立刻泛起了强烈的好奇心。原本想着从孩子的身边绕过去赶路算了,这下却来了兴趣,忍不住对孩子说道:"你小小年纪,却生得这般伶牙俐齿,狡猾着呢!"孩子听后有点生气,不服气地反击道:"小鱼出生三天就可以在水中畅游,兔子出生三天就能在野外奔跑,蛟龙出生三天就会腾云飞天,人出生三天就能分辨出父母的模样。这些本来都是天生的本领,您怎么能说我狡猾呢?"

孔子听了孩子的一番论辩,更是对他刮目相看,便迫不及待地询问道:"孩子,你家在哪里?叫什么名字?"小孩非常真诚,很详细地介绍了自己:"我家就住在附近的村子里,我叫项橐。"

孔子对项橐充满了兴趣,饶有兴致地继续说道:"你那么聪明,我再问你几个问题如何?"项橐毫不在意,点了点头:"那您问吧!"

"你知道什么山上没有石头?什么水中没有鱼虾?什么门没有门扇?什么车子没有车轮?什么牛不生牛犊?什么马不生马驹?什么刀没有刀环?什么火没有火烟?什么人没有妻子?什么女子没有丈夫?什么日子不足?什么日子有余?什么树没有树枝?什么城池没有集市?"

孔子刚说完,还没来得及喘口气,项橐就流利地作答:"土山没有石

头，井水没有鱼虾，空门没有门扇，轿子没有车轮，泥牛不生牛犊，木马不生马驹，柴刀没有刀环，萤火没有火烟，仙人没有妻子，玉女没有丈夫，冬天的日子不足，夏天的日子有余，枯树没有树枝，空城没有集市。"

听完项橐一连串的应答，孔子心中一阵惊叹，继续问道："回答得很好，那我再问你，为什么屋顶上会长松树？门前会生芦苇？床上会生香蒲？狗会咬它的主人？媳妇会使唤婆婆？家鸡会变成野鸡？狗会变成狐狸？"

孔子以为这次可以难倒项橐了，但项橐毫不示弱，很快回道："屋顶上长松树，那是屋椽子；门前生芦苇，那是门帘子；床上生香蒲，那是席子；狗咬它的主人，是因为有生客在主人旁边；媳妇使唤婆婆，因为她刚来到花丛下，请婆婆帮她把一朵新折的花戴在头上；家鸡变成野鸡，是因为你把它丢在了沼泽；狗变成狐狸，是因为主人把它扔在了荒山。"

项橐的机智让孔子有点不知所措，孔子只好问起一些不太日常的问题："天有多高？地有多厚？天上有多少房梁？地上又有多少根柱子？风从哪里来？雨又是从哪里起？霜生在哪里？露又是生在何方？"

项橐信心满满，面带微笑地说道："天地之间的距离有一万万九千九百零九里，地的厚度和天的高度差不多；天上并没有房梁，地面也没有柱子，天地的存在都是凭借着四方的云气承托而起；风从苍梧来，雨在高山起；霜出在天上，露生在百草的叶尖上。"

问了这么多的问题，没有一道难住这个年幼的孩童，孔子一时没了主意。这时，项橐俏皮地歪着脑袋，伸长脖子看着孔子，说道："我也来请教您几个问题吧！您知道鸭鹅为什么能够浮在水上游泳吗？鸿鹄为什么能够鸣叫？松柏为什么能冬夏常青？"

孔子听后一愣,只能硬着头皮结结巴巴地回答道:"鸭鹅能浮游,因为它的脚是方的;鸿鹄能鸣叫,因为它的脖颈是长的;松柏能冬夏常青,因为它的中心是实的。"

项橐很不满意,噘着嘴反驳道:"您说的不对,乌龟、团鱼能够浮游,它们的脚却不是方的;蛤蟆能够鸣叫,它的脖颈也未必是长的;绿竹冬夏常青,它的中心也不是实的。"

孔子听了项橐的解释,心中觉得很有道理,一时间没有说话。正在为难的时候,项橐不依不饶,继续问道:"天空那么浩瀚辽阔,您知道一共有多少星星吗?"

孔子依然回答不出,只能狡辩道:"刚才我问你的都是地上我们熟知的现象,你怎么一下子扯到天上去了?我也没有在天上住过呀。"小孩哈哈笑了起来,调皮地说道:"那好,我不问天上的事情了,我问地上的。大地宽广,您知道这苍茫大地上有多少间房子吗?"

孔子这下还是被问住了,觉得尴尬极了,只能支支吾吾地说:"刚才我问的都是周边眼前的事情,你怎么问得那么遥远?"项橐不紧不慢,振振有词道:"那行,听您的,我就问问眼前的事。您知道您的头发、眉毛加上胡须一共有多少根吗?"

孔子这下哑口无言,急得干瞪眼,再也无法反驳了。最后他只能心服口服地叹气道:"好啦,我承认我输了,真是后生可畏啊!"

于是孔子再也没什么心思到处巡游了,急忙驾着车子奔回家中,继续苦心钻研起来。项橐智斗孔子的事情很快就传开了,大家都被赢了孔子的项橐所折服。但是上天也许是嫉妒项橐的才华,项橐才活了十岁就身染重疾去世了。百姓们为了纪念他，常常把孩子打扮成项橐的模样，祝福祷告，希望自家的孩子也能像他一样聪明，把他称为"小儿神"。

孔子问道老子

　　孔子一生求学问道,精于钻研,渊博的知识早已经让他名声远扬,但孔子一直觉得自己还没有悟出世间的真理。那时候,在鲁国南方的楚国有一位年长多识的贤人叫老聃(dān),人们都叫他老子。于是孔子决定带着自己心爱的徒弟亲自前往楚国,期待从老子那里寻求答案。

　　老子比孔子年长很多,在周朝当过守藏史。也许做官并不是老子的理想,或者老子后来对世事看得越来越通透豁达,就对做官产生了厌恶之情,辞去职务回到乡野,过起了与世无争的隐居生活。

　　孔子颠簸了几天,终于找到了老子的住处,他整理好衣服,让徒弟们在门外等候,恭恭敬敬地登门拜访。老子听说眼前这个人正是北方有名的智者孔子,便高兴地把他请进门去,两位智者席地而坐。

　　老子年事已高,行动有所不便,孔子待老子坐定后,才谦虚地问道:

"先生，听闻您是大贤，我虽然读书甚多，但一直没有悟出世间的真理，此次特意登门请教。"

老子听后捋着胡须，眼睛里闪烁着睿智的光芒，慢慢地回答道："你看那白鹢(yì)，只要互相对视，眼珠子动也不动，就会受孕；再看那虫子，雄虫在上风处鸣叫，雌虫在下风处应和，也会莫名受孕。这一类动物可以说是雌雄特性都具备，它们的生命的发生和孕育是这么的自然和顺畅，这就是天性。天性是很难改变的，命运也是无法更改的，时机难以挽留，真理不能掩藏。只要参透了真理，什么都会顺畅豁达；违背了真理，什么都会失败衰退。"

老子侃侃而谈，毫不停歇地说着哲学方面的大道理，这都是他这一生领悟出来的。但是老子的思想是推崇天道，和孔子崇尚的偏于人道的哲学认知有所不同，所以对面的孔子听得一知半解；而且，老子本身年龄也大了，口中只剩下零星的几颗牙齿，操着一口浓浓的楚国方言，更是增加了理解难度。但年老的老子却越说越起劲，精神矍铄，孔子根本找不到合适的机会插话一问究竟。为了表示对老子的尊敬，孔子只能一言不发，静静地听老子说下去。

终于，过了很久，老子也许是说累了，停了停，端起面前的杯子喝口水润了润唇舌。孔子这才找到机会，连忙问了几个问题，老子也客客气气地回答了他。由于孔子初次见到老子，对老子的思想体系并不了解，就没有继续追问下去，只是跪坐在席位上慢慢回味着老子刚才阐述的哲学观点。也许是老子说的时间太长了，也累了，就歇了下来。两位智者就这样端坐在茶案的两旁缄默不语，整个房间立刻安静下来。守在窗外的徒弟们觉得

好奇，忍不住探进头来，睁大着眼睛朝里面看。老子发现了他们，就笑着问道："这都是您的学生吧？请他们进来喝口水吧！"孔子先恭恭敬敬地垂头感谢，才对着外面说道："都进来吧！"

弟子们听到老师的呼喊，高兴地纷纷入座，好看清楚南方贤人的面庞。孔子向老子依次介绍了弟子们的名字和各自的才华。

老子不禁感叹道："他们真的很好啊！就好比我之前听说南方有一种叫'凤'的神鸟，它栖居的地方只有遍地的石头；上天眷顾，赐给神鸟一种叫作琼枝树的树木。这种树高大茂盛，树上结满了晶莹剔透的美玉，凤就把这种美玉当作食物。老天垂爱这种神鸟，为了保护它的食物，还特地派了一个叫离朱的长着三个脑袋的神仙栖居在这棵树上。离朱的三个脑袋轮换休息，为的就是使自己时刻保持清醒，看守着树上的美玉不被抢夺。凤之所以受到天帝的万分喜爱，也是因为它的确有着不同之处。它全身长满了华丽的羽毛，毛羽间还有各种各样的文字若隐若现：它的额头上有个'圣'字，腋窝下藏着一个'仁'字，两边的翅膀下分别藏着'智''贤'两个字。依我看，这种鸟像极了你们师徒啊！然而，只有天下祥和太平的时候，这种仁爱的神鸟才会出现在世间。现在正是乱世，纷纷扰扰，天下无道，您又何必带着弟子们在这世间四处奔波、居无定所呢？难道就不能停下来歇歇吗？"

时间匆匆过去，孔子经过与老子的一番畅聊之后，带着弟子们告别而去。在回去的路上，孔子的脑海中总是回想着老子说的每句话，虽是似懂非懂，但又觉得博大精深。孔子陷入了迷茫和思考中，一路上一句话都没有说。弟子们面面相觑，不知老师在想什么，就好奇地问道："老师，您觉得老聃先生到底是怎样的人呢？"

孔子皱眉叹气，一时不知如何形容，思考了片刻，缓缓抬起头说道："我也说不准啊！天上的鸟在飞翔，水中的鱼在畅游，地上的兽在行走，这些都是我们熟知的，所以我们可以用弓箭把鸟从天上射下来，用钓钩把鱼从水中钓走，用罗网把兽在地上逮捕。只有那可以在天上腾飞又可以在水中遨游的蛟龙，变化多端，吞云吐雾，若隐若现，有时又直冲云霄，让看到的人惊喜万分。老子就像是这样的人，他智慧豁达，让人捉摸不透但又被他吸引，用龙来比喻他应该是再合适不过的了。"

孔子周游列国

　　孔子心存大爱,救世治国的心情非常急切,他没有听取老子的劝告,而是执着地奔走在各国,希望能得到贤主的赏识,将自己的才学实实在在地用在治理乱世上。然而,因为孔子的观念与当时的乱世格格不入,所以经常受到别人的排挤,常常还没有在一个国家待上几天,就因为四处碰壁无法安身而匆匆离开了。在四处奔波的路上,发生了很多事情,让孔子师徒吃尽了苦头。

　　先前,鲁国曾派了一个叫阳虎的大将攻打宋国一个叫匡邑的地方,那次战争让匡邑人受尽了折磨,所以匡邑人对阳虎一直怀恨在心。巧的是,阳虎和孔子一样身材高大,就连相貌都有几分相似。一天,孔子带着弟子们经过宋国的匡邑,驱车的颜渊在经过城门的时候,拿着鞭子指着城门旁边的一个缺口说:"老师您看,之前阳虎带兵攻打城池的时候,就是从这儿攻入城内的。"

这话被一个路过的匡邑人听到了，一看车上的孔子，误以为是阳虎，吓得大惊失色，赶忙跑到城内禀告："不好了，那个阳虎带着几个人又来我们这里了，这会儿正在城门外徘徊呢！"城主听后也忍不住浑身打战，他对那次的惨败还记忆犹新，赶紧下令士兵出城捉拿阳虎。

孔子刚一进城，就被前来的士兵团团围住了，一连数天，没有给他们任何食物和水，师徒几人手无缚鸡之力，饿得难以忍受，孔子悲愤地仰天长叹："难道君子就应该受到如此的待遇吗？"弟子们听后不免心生悲伤和愤怒，善武的子路立刻气得跳了起来，拔出腰间的宝剑，怒目圆睁，扬言要杀出重围，和敌人同归于尽。孔子赶紧起身拦下了鲁莽的子路，无可奈何地说道："这样不行，我们一路走来，宣扬的都是仁道治国，如果你这样做了，岂不是否定了我们之前的一切努力？我们一起来唱歌吧，我要用悲歌去化解误会，他们会被感化的。"

说着，孔子就地坐下，抚琴弹唱起来，曲调悲怆，动人心弦。也许是孔子的仁义打动了上天，忽然天上刮起一阵大风，吹得士兵们跌跌撞撞、难以站立，盔甲和铁盾都被吹得七零八落。这时才有一个人大声说道："你们看，这个人不是阳虎，他的脑袋上有个窝，这不是北方的圣人孔子吗？"经过提醒，大家才分辨出来，于是赶紧撤兵。

逢凶化吉的孔子再次踏上周游列国的旅途，来到了宋国的都城。当时的宋国君王宋景公手下有个非常受宠的大臣叫桓魋(tuí)，桓魋一听孔子来到了宋国，顿时心生妒忌。孔子的名声早就众人皆知，他的博学多识更是受到了很多人的崇拜，如果宋景公被孔子的才华触动，那岂不是会影响自己在朝中的显赫地位？桓魋越想越怕，一心想把孔子除去。

桓魋暗中派士兵偷偷地打探孔子在宋国的行迹，一旦发现时机，就立即下手。孔子师徒对这一切毫无察觉，天气炎热，经过长途奔波，他们找到了一片树荫，在下面休整。孔子带着弟子们在树下演习仁道和礼仪，准备将来到陈国的时候在陈国国君面前展现。得知消息的桓魋心中更是增添了猜忌，以为孔子真的要去宋国国君那里。于是，他命士兵砍倒了那棵大树，企图借此挑起事端，从而杀了孔子。没想到，孔子一个叫公良孺的弟子力大无比，眼看树就要朝着孔子的方向倒下，立刻跑了过去，用手直接把树撑住，扛在了自己坚实的肩膀上。公良孺满腔怒火，当着士兵的面把树根拔出，再把断了根的大树插进原来的位置。

桓魋听到暗探的回报，不由得心生恐惧：孔子的弟子各有各的本领，能文能武，各显神通，想除去他不是一件容易的事，如果被天下人知道了，更是担负不了杀害圣人的罪名。于是，他无可奈何地看着孔子他们扬长而去。

据说第二天，有听说这件事的人好奇不已，跑去看那棵被砍断的大树，走近一看才发现，那棵断了根的大树居然一夜之间长了新的根须，上面的枝叶比之前更加繁茂葱郁了。

孔子在陈绝粮

　　孔子师徒四处碰壁，在外周游了很多年，也没有碰到赏识他们的君主。一天，他们来到了陈国和蔡国之间，由于长期舟车劳顿，师徒准备暂时居留一段时间，待精力恢复再继续前行。

　　此时，楚国国君得知孔子的下落，就派人赶去请孔子去楚国协助处理朝政。陈国和蔡国的大臣们一听，着急起来，纷纷议论道："这可不得了啊！楚国是个大国，天下能和其抗衡的没有几个国家。孔子是世上的大贤，如果楚国得到了孔子，就会如虎添翼，会变得更加强大，到时候，我们这些小国家就有苦头吃了！"于是，陈蔡两国联手，临时拼凑了一支军队去了孔子那里，既不杀害孔子等人，也不捉拿他们，只是把他们团团围住，不让他们外出，准备把他们活活饿死在住处。

　　整整七天，孔子师徒断了粮食，把住处仅有的一些米熬成了粥，勉强维持气力。粮食吃完了，师徒们饿得精疲力竭，脸色蜡黄，为了保存体力，只能整天在席子上躺着，一站起来就头晕目眩，吃尽了苦头。一天，房门外的院子里忽然出现了脚步声，大家开门一看，发现院子里站着一个身形巨大的怪人，头上戴着帽子，身上披了一件袍子，看不清他的模样，只能从他绿幽幽的眼睛里看出一丝凶残。

子贡走上前，大声问道："你是谁？"怪人站在那一动不动，也不说话，仿佛根本没有听到子贡的询问，只是瞪着眼珠子看着子贡。子贡见对方不接话，一时不知如何是好。突然，这个怪人从宽大的袍子里伸出两只毛茸茸的手，上前一步，紧紧抓住子贡，夹在了自己的腋窝下面。子路见状，掏出随身佩戴的宝剑朝着怪人刺去。为了抵挡子路的袭击，怪人直接将子贡朝着空中抛甩出去，吓得子贡哇哇大叫，子路赶紧收回宝剑，用手接住了子贡。子路放下子贡，二话不说，赤手空拳跳了出去，跟怪人在院子中打了起来。两人的武艺不分高下，在院子里打斗了很久都分不出胜负，站在一旁的孔子焦急地观察着，隐约发现怪人的腋窝下有两片肉状的东西像嘴巴一样一张一合，奇怪极了。孔子灵机一动，朝子路喊道："掐住他的腋窝，那里有玄机。"

子路按照老师的吩咐，瞅了一个空子，猛地把手插进了怪人的腋窝，只听怪人发出一声刺耳的尖叫，拼命挣扎。子路用足力气向上一顶，把怪人擒在了半空中。怪人失去了平衡，在空中左右摇摆，袍子下面露出了鲢鱼的尾巴，大家这才恍然大悟。不一会儿，这个怪人隐去了人的模样，从袍子里滑落出来掉在地上，蹦跶了几下死去了，原来他是一只鲢鱼精。子路抓住的腋窝正是鲢鱼的腮帮子，那里才是它的命脉。

站在一旁的其他弟子早已看得目瞪口呆，孔子不禁感叹："真是时运不济啊！遭了灾难，连这成了精的鲢鱼都趁火打劫来了。反正我们走投无路，不如把这鲢鱼煮了汤来充饥吧！"

于是，师徒们把这条大鲢鱼剁成了肉泥，煮了鱼汤，饱餐了一顿，大家顿时感到神清气爽、体力倍增，于是开始兴致勃勃地在院子里抚琴高歌。院子外的士兵听到院子里传来阵阵嬉笑声，不由得好奇："这孔子师徒饿了那么多天，应该是饿个半死了，怎么还是那么神采飞扬，难道他们真的有上天庇佑？"

将士们把这件事禀报国君，陈国和蔡国的国君、大臣们经过商议，无可奈何地说："这样吧，既然有神相助，不如给他们一个机会。让他们想办法把丝线穿过中间只有一个小孔的九曲珍珠，如果他们做到了，就还他们自由。"

九曲珍珠中间的孔道细小如蚁，而且七拐八绕，丝线根本穿不进去。正当师徒无计可施的时候，孔子忽然想到了一件事："前不久我们经过陈国的时候，半路上遇到了两个姑娘在树上采桑，我和她们开玩笑，随口说了一句：'南枝窈窕北枝长。'她俩就接着我的话说：'夫子在陈国必绝粮，九曲明珠穿不得，还来问我采桑娘。'看来我们要去请教她们才行啊！"

于是，孔子赶紧差子贡和颜回前去向采桑的两位姑娘请教。他们冲出包围，一路循着来时的方向找去。经过不断打听，终于在一座山下找到了姑娘们的住处，但是开门的人并不是那两个采桑姑娘。颜回疑惑地问道："姑娘们在家吗？"开门的人没有回答，而是递给了他们一个沉甸甸的大西瓜，就砰的一声关上了门。两人一脸迷茫，不知这是什么意思。还是子贡脑袋灵活，忽然有所领悟，说道："瓜子在西瓜里，意思就是人在房子里。"于是两人赶紧再次敲门，这下姑娘们嘻嘻哈哈地打开了门，说道："你们真聪明啊！"子贡和颜回赶紧说明来意，姑娘们捂着嘴笑道："亏你们还是聪明人，这有什么难的？那个珍珠的孔小得只能通过蚂蚁，你们把线涂上黏黏的蜜糖，把它拴在蚂蚁的身上，让那蚂蚁钻那个孔，线就自然跟着过去了。"

得到方法的子贡和颜回赶紧拜谢了姑娘们，匆匆赶了回去。孔子师徒按照姑娘的办法试了几次，真的把线穿了过去。军队的士兵们没有办法，只好履行诺言，放他们离去了。

孔子仙逝传说

　　孔子的一生都在致力于推行自己的仁道，却始终没有遇上一个真正赏识他的贤王。孔子心中充满了失落和遗憾，随着年龄越来越大，体力也越来越差，再也不能像年轻的时候那样周游列国了。人都需要有个归属，叶落归根，年迈的孔子回到了自己的故乡，安享自己最后的时光。孔子回国后，在鲁国没日没夜地整理了古籍《诗》《书》，写了著作《春秋》，修订了礼乐制度，这些工作对后世起到了很大的作用。

　　都说人在临死前会有所感应，一天，孔子早早地起了床，在自己的院子里拄着拐杖慢慢踱步，看着天空，眼睛里闪烁着泪光，缓缓叹道：

　　泰山快要崩塌了吧？

　　屋梁快要成为朽木了吧？

贤人也快要离去了吧？

　　说完后，孔子就慢慢走进了屋子，再也没出来过。从那天开始，孔子就大病一场，在床上昏睡了整整七天，就去世了。孔子生前弟子众多，还有很多是其他国家的，听闻老师仙逝，弟子们都纷纷从四面八方赶来缅怀哀悼。据说，下葬的当天，弟子们在孔子的墓地旁祈祷时，附近的泗水里的河流瞬间凝固起来，停止了流动。弟子们还从各地带来了很多名贵的树苗，栽在了孔子的墓旁。多年过去了，这些大树已经长得遮天蔽日，树下一片阴凉，但地上却从不生长无名的野草和扎人的荆棘，正如品性高洁的孔子的为人。

　　孔子虽然走了，但是民间还流传着他的故事。据说，孔子生前为国操心，死后还深深爱着自己的祖国。就在孔子去世很多年后的一天，鲁国的一个人乘船过海去远方做生意，遭遇了海浪，在大海上迷失了方向，顺着水流漂到了一个不知名的小岛上。岛上的人很少，这个人终于碰到一个渔民，一打听才知道，这正是有名的亶(dǎn)洲仙岛。这个人站在岛上四处张望，想看看有没有过往的船能带他回到鲁国，忽然，他在不远的山头上看见了孔子和他的弟子。这个人非常好奇，赶紧跑了过去，还没等他发问，孔子便匆忙地问道：“你是鲁国人，怎么跑到了这里？难道你不知道鲁国快要遭到危难了吗？赶紧回去吧，告诉国君务必要加固城墙，抵御外敌的入侵，否则国家有可能就保不住了！”

　　说着，孔子扔出了自己的拐杖，抛向了天空。只见瞬间乌云密布，大风呼呼号叫，海面上掀起了巨浪，拐杖落在那个人的脚下，待他坐定，便载着他冲上云霄。过了片刻,拐杖停在了一个风平浪静、晴空万里的海岸边,这个人才发现这里正是鲁国的国土。那根拐杖完成了任务,便径直飞向大海,只听轰的一声巨响,拐杖变成了一条身姿矫健的巨龙,翻滚着海水朝仙岛的方向游去。

这个人不敢怠慢,快速奔向都城,把孔子的话原原本本地告诉了鲁国国君。没想到,鲁国国君听后觉得匪夷所思,认为肯定是这个人在故弄玄虚,就没有把这件事放在心上。正当那个人无可奈何的时候,天空中飞来了成千上万只燕子,像是一团乌云,遮住了阳光。燕子口中纷纷衔着泥土,向城墙飞去,正如孔子所说的那样,开始加固起了城墙。鲁君看到这一幕,不禁心头一动:难道这真的是圣人的明示?于是赶紧下令军民戒备,做好了战斗的准备,并派人把城墙全部加固了一番。果不其然,没多久,强大的齐国就对鲁国发起了围攻,由于鲁国国君提前做好了准备,齐国费了很大的力气都没有拿下城池,只好遗憾地失败而归。

颜回智勇双全

孔子一生非常重视知识的传播和教学，不仅在鲁国收了弟子，在周游列国的途中也收了诸多弟子。孔子弟子众多，有三千多个，其中最有名的还是七十二位弟子。这七十二个人各有所长，有的善于雄辩，有的胆识过人，有的恪守孝道，还有的身怀绝技，让后人津津乐道。

孔子说过："谁能送我十条肉干作为见面礼，我就愿意收他做弟子。"当时，十条肉干是最轻薄的礼物了，可见孔子对于好学的人从来不拒之门外，非常看重教育事业。

这在七十二人中，孔子最喜欢的学生就是颜回，有时也被人称呼为颜渊。颜回从小家境贫穷，特别容易知足，对物质没有过多要求，但是特别上进好学。只要有一碗饭一杯水，颜回就心满意足，开心地待在角落里用功读书。不仅如此，颜回还有着一身胆识，精通武艺，孔子总是在私下里称赞他智勇双全、能文能武。

一天，孔子差子贡去齐国办事，过了好几天，子贡还是没有回来，而且失去了消息。在家焦急等待的孔子忧心忡忡，就自己翻开《易经》占了一卦，显示的卦象说："鼎折断了足。"孔子心灰意冷，情绪低落地对其他弟子说道："鼎失去了足，就丧失了功用，估计子贡是回不来了。"站在一旁的颜回却抿嘴笑道："先生不必伤心，卦象靠人解读，因人而异。我倒是觉得子贡很快就能回来，而且是坐船回来。你看，鼎没有了足，不就像是小船的形状吗？"孔子听了觉得也有道理，就继续安心等待。果不其然，没过多久，子贡划着船回来了。孔子不得不佩服颜回的智慧。

不仅在智力上高人一等，颜回的勇猛也在平常的事务中充分体现了出来。一次，孔子在周游列国的途中停在某地稍事休息，正当大家放松戒备的时候，忽然出现一个怪物，叫嚷着想见孔子。颜回见状心生奇怪，就走上前去仔细看了一眼，发现这人身形庞大，头却非常小，显得十分怪异，两个绿幽幽的眼睛充满了邪恶之气。颜回心想，此人肯定不是非凡之人。于是他手握宝剑，二话不说，朝着怪人刺了过去。怪人没有想到颜回居然如此胆大过人、毫不畏惧，心中不免生出几分胆怯，吓得转身逃跑。颜回没有退缩，直接追上去，顺手抓住怪人的腰带，用力一扯，把怪人重重地甩在了地上。怪人立刻现出原形，变成了一条巨大的蟒蛇。颜回拔出刀剑，朝着蟒蛇砍了过去，把它剁成几块。蟒蛇鲜血直流，挣扎了几下就死了。屋内的孔子听到院子里有打斗的声响，连忙探出身子看看外面发生了什么事，此时颜回早已把怪物降伏，孔子高兴地连连称赞。

也许上天非常宠爱颜回，他不仅文武双全，还善于雄辩，有着一副好口才。有一次，孔子师徒几人出城郊游，经过一片桑树林的时候，看见一个妇人正在树下采摘桑叶。孔子指着妇人头上插着的那把象牙梳，对着弟子们说："给你们出个难题，看你们谁有能耐做到。你们谁能让那位妇人心甘情愿地交出头上的那把梳子？"大家一时没有好的主意，都默默不语，只有颜回恭敬地走上前去，向妇人鞠了一躬，行了个礼，然后慢条斯理地说道："我有一座山，山上长满了树，树上只有枝干，却没有树叶果实，里面隐藏着很多小动物，想向夫人您借一张罗网，我好把它们逮到。"

妇人听了哈哈大笑道："没问题。"说着，就从头上取下了那把象牙梳，交给了颜回。颜回很高兴，好奇地问道："你怎么知道我是问你借梳子一用呢？"妇人漫不经心地回道："你刚才说的那么清楚，我当然领会到了你的意思。你说的山不就是你的脑袋嘛，只有枝干没有树叶的大树正是你的头发，里面藏着的动物就是头发里的虱子，你问我借网捉拿动物，不就是想用我的梳子来清理头发嘛！所以我就取下梳子成全你喽。"在一旁默默看着的孔子不禁拍手叫好："颜回的口才果然厉害，这个妇人的智慧也是高人一等啊！"

也许是因为用脑过度，颜回的脑袋越来越大，额头越来越突出，仿佛快要装不下他满脑的智慧，衬得脸庞特别消瘦，从侧面看去简直就像是一轮弯弯的月亮。由于长期吃粗茶淡饭，缺乏营养，过度用脑又耗损了精气，颜回很快就白了头发，还没到三十岁，他的头发就已经花白，看上去像是一个老头儿了。颜回没有活多大，才三十二岁就死了。说来也让人匪夷所思，颜回的死居然和孔子无意间的一次眼力比试有关。

一天，秋高气爽，孔子和颜回做伴，登上泰山游玩散心。泰山高耸壮大，可以在山顶上俯瞰到很远的美景。孔子指着东南方的邻国问道："颜回，你能看到吴国都城的城门吗?"颜回看了看，回答："看见了。"孔子接着问道："那城门口有哪些东西呢？"颜回眯着眼睛吃力地向远方看去，看得并不是很清楚，迟疑地说道："好像是一匹悬挂着的白布，旁边还有一匹蓝布!"孔子说："你看错了，那是一匹白马，旁边的是喂马用的芦刍。"颜回半信半疑，想验证年迈的老师眼力是不是真的那么好，就在回来的路上差了一名信使前往吴国的城门打探。信使来到城门口一看，果然是一匹白马和一束芦刍，颜回这下对老师更加佩服了。

孔子万万没有想到，师徒之间的一个打发时间的游戏，居然耗损了颜回的精气。回家不久，颜回就感觉头眼昏花，身体不适，头发变得全白，牙齿也逐渐脱落，很快就在家中死去了。

子路改邪归正

孔子的弟子中，会武艺的没几个人，除了颜回之外，还有一个人非常厉害，就是子路。

子路本来是一个村野武夫，孔子第一次见到他的时候，他头上戴着一顶插着雄鸡羽毛的帽子，腰间佩着一把长剑，剑柄上还裹了一层公猪的皮，整个人看起来气势汹汹，让人不敢靠近。每次听到大家琅琅的读书声，没有文化的子路只能在一旁叽里呱啦地乱嚷嚷，声音洪亮，吵得人心里发毛，震得帽子上的羽毛都颤颤巍巍地摇晃着，就连孔子这样的圣人都忍不住批评他："真是粗俗野蛮，需要被教化。"

子路也一心想改变，他拜入孔子门下，在孔子的谆谆教诲中，慢慢发生着变化，但是想要真正改变一个人是很难的，而且需要一个过程，一开始，子路还是会时不时暴露出自己凶恶的本性。

一次，孔子带着子路去山涧中游玩，道路崎岖，加上天气燥热，孔子又累又渴，就差子路去溪边取水解渴。子路遵了老师的指令，拿着钵向山涧的深处走去。刚到溪边还没来得及取水，子路就听见草丛中一声怒吼，紧接着跳出了一只健壮的猛虎。子路一看，顿时慌了手脚。眼看老虎就要冲上来，子路也顾不上取水了，扔下钵子，仗着自己的一身蛮力，赤手空拳地迎了上去。情急之中，子路一把抓住了老虎的尾巴，老虎被吓得转头就走。子路用力一拉，将老虎的尾巴连皮带肉地撕扯了下来。老虎当时就鲜血直流，疼得摇头咆哮，不一会儿就消失在了丛林中。

空手降伏了猛虎，这不是一般人能做到的，子路暗暗窃喜，拿着老虎那条还在滴血的尾巴，准备回去在老师面前得意地自夸一番。子路端着水走到了孔子身旁，把水递给了老师，试探道："老师，我想问个问题，一个高明的人如果想要降伏猛虎，会用什么方法呢？"孔子啜了一口水，说道："那就去按住它的头。"子路不悦，继续问道："那普通的人呢？"孔子接着应道："那就去揪住它的耳朵。"子路心生不满，愤愤不平地问道："那低劣的人呢？"孔子哈哈笑道："那只要去抓住老虎的尾巴！"

子路听了，脸憋得通红，一言不发，悄悄地把自己刚才藏好的老虎尾巴给扔了，心中暗暗揣摩着：老师明明就应该知道山涧的溪水旁有老虎潜伏，却还让我只身一人前去取水，这不是置我于死地吗？他越想越气，低头看见脚边有一块圆圆的大石头，没有多加思考，就捡起石头揣在怀中，企图砸死孔子。

走到孔子身边，子路略带不满地问："老师，我还想问个问题，高明的人杀人会用什么办法呢？"孔子淡定地回道："用自己的才华和学识。""那普通的人用什么呢？"子路紧接着问道。孔子回道："用自己的口才喽！"子路摸了摸怀中的石头，迟疑地问："那粗劣的人呢？"孔子笑呵呵地说："那就只能怀中揣个石头把人砸死算了！"

孔子从容豁达，话语中带有剑锋，击中了外表凶狠但内心脆弱的子路。子路心服口服，默默地从怀中掏出石头扔到了一边，从那之后，子路对孔子毕恭毕敬，一直追随在他的身边，不仅改变了自己粗野鲁莽的性情，还成为孔子最忠诚的门徒，也博得了孔子的喜爱。

孔子一生命运坎坷，在推行仁道的路上四处碰壁，晚年失意，也有弟子陆陆续续地投奔更有权势的人，只有子路不离不弃，一直守护在孔子身边。孔子闲暇的时候也不免感叹："能陪伴我走到最后的估计也只有子路了吧！"

后来，卫国发生了一场内战，子路无意中被卷了进去。子路在这场祸乱中遭到了袭击，在生命垂危的时刻，子路还非常注重自己的气节和仪表，拾起被人砍断的帽带，从容不迫地系在帽子上，口中振振有词："君子生死由命，这算不了什么，但是衣着要整齐，帽子也不能戴歪。"跪在地上的子路还没系好帽带，就被一群冲上来的敌人乱刀砍死，剁成了肉泥。远在鲁国的孔子听闻了子路惨死的消息，悲痛欲绝，在家中号啕大哭，立刻扔掉了家中的肉酱，再也没有胃口去吃那些东西了。

子贡巧言善辩

　　孔子的弟子中，和子路性情截然相反的当属子贡了。子贡天生聪慧灵巧，说起话来文绉绉的，口才一流，很多人都辩不过他。不仅如此，子贡还天生一副好相貌，高高的鼻梁配上英俊的面容，要不是下巴上长着点胡须，猛地一看还真会被他清秀的外表所蒙蔽，错以为是年轻的女子呢。

　　在周游列国的途中，子贡的能言善辩还真是解决了不少问题。一天，师徒几人驱车经过郑国的神庙，庙前有一棵粗壮的千年古树，枝叶繁茂，在树的上方蹲着一只神鸟，在那里吱呀吱呀地叫着。子贡和子路跳下马车抬头观看，心中充满了好奇。莽撞的子路根本不明事理，见这只鸟长得与众不同，就冒冒失失地爬上树要去逮它。神鸟可不是好惹的，它挥动了一下翅膀，只见一道金光闪过，周围的树枝变成了一道网，将子路吊在了半空中，那情景真是尴尬极了。

子贡知道神鸟具有灵性,赶紧在树下凭着自己的能言善辩,向神鸟祝祷,请求宽恕。神鸟被子贡说服,觉得这个鲁莽的壮汉也不是罪不可赦,便网开一面放了子路。

还有一次,孔子带着弟子们前往楚国拜访,经过一处叫作"阿谷"的山峡时,不远处有一个婀娜多姿的少女正在潺潺的溪水边洗衣服。此时的南方酷暑难耐,奔波多时,孔子不免觉得口干舌燥,于是差子贡前去姑娘那儿讨要一杯水解渴:"看那姑娘贤淑安静,就不知道性情如何,你不妨用你巧妙的语言试探一下。"

子贡接过水钵走到姑娘面前,先是彬彬有礼地问道:"姑娘,我来自北方,要到楚国去,途经这里,饥渴难忍,想向你讨要一杯泉水,好给我的老师解渴。"少女抬起头看了看他,眯着双眼笑道:"这阿谷的溪水四季流淌不息,它属于这里所有的人,又不是我一个人的,你想喝,取了便是,何必要经过我的许可呢?"

虽然嘴上这么说着,少女还是出于礼貌,从子贡手中接过了水钵,迎着湍急的水流,接了一钵水,涮了涮,倒在地上,然后又顺着水流,接满了水,放在子贡的脚边,说道:"好了,你赶紧拿去给你的老师解渴吧!男女不能轻易接触,请原谅我不能亲自递到你的手中,以免失了礼仪。"

子贡鞠躬感谢了姑娘,端着水回去,把刚才女子的行为和言语都老老实实地说给孔子听。孔子听后点点头,似乎很满意。接着,孔子还想再试探一番,便拿出自己随身携带的琴,刻意弄松了几根弦,递给子贡说:"你再去一趟,看看她如何对答。"

子贡抱着琴来到姑娘的身边,先是一番赞美:"姑娘刚才的举止真的

是得体而不失礼仪，让我心里舒畅。正好我这有一张琴，音律有点不准，你能帮我调调琴（情）吗？"少女听了顿时面部绯红，紧锁着眉头，不满地说道："我就是一个山野粗人，哪懂这些乐理知识，怎么能帮你调琴（情）呢？真是让人尴尬！"

子贡没有进一步为难姑娘，连声表达了歉意，就抱着琴回去了。孔子听闻了姑娘刚才的表现，再次点头微笑，说道："嗯，很好，你把这五两银子拿去给她略表心意，看看她怎么应答。"

子贡接过银子再次前往试探。少女这时已经洗完了衣服，站直了身子正准备走，子贡赶紧跑上去喊道："姑娘留步，刚才屡次向你请教，打扰多时，我这有几两银子赠送与你，想表达我对你的感谢。正如你刚才说的，不宜亲手放在你的手心，我就放在水边了。"姑娘一听，立刻恼火了起来："你要是真正的君子，就请你好好地走路，不要随意来戏弄我这山野之人。你心中到底藏着什么想法？我和你无亲无亲，没有对你做出有利之事，为何要接受你的财物？你赶紧走吧，如果再来纠缠我，被人看到了，是不会放过你的。"

子贡连连作揖，走了回去，向孔子如实地说出了刚才的情形。孔子开心地笑道："果然如此，《诗》中说过，南方有茂密的树林，但是不适合在下面休息；溪水之畔到处都是丰姿绰约的少女，但也不能随意向她表达爱意。这阿谷的少女正是如此啊！"

子贡的口才虽然厉害，但也不是每次都能化险为夷，也有遭到挫败的时候，有一次还是靠驾车的马夫解了围。那天，师徒经过一片田地，马车停在田埂上稍事休息，忽然，一匹马挣脱了缰绳，跑到田里，大口大口地吃起了田地的庄稼。不远处的农人看到后，赶紧围了过来，把马逮住了。子贡觉得自己口才超群，一群乡野农夫自然不在话下，于是亲自前去解围。

　　农夫们本就学识不多，一生最擅长的就是面朝黄土背朝天的辛勤劳作，哪里懂得什么大道理。子贡不知道这一点，在农夫中间口若悬河地说个不停，还引用诗书典故，内容涵盖天文地理。农夫们听得晕头转向，被子贡烦得手脚直痒痒，大伙儿撸起袖子推搡着子贡，差点就把他推倒在地上。不远处的马夫看到后，赶紧跑了过去，慌张地解释道："大家别动气，其实事情很简单，我们生活在同一片天空下，喝着同样的水，耕着同样的地，算是一家人，我们的马不在这里吃草又在哪里吃呢？"农夫们一听，觉得很有道理，纷纷表示认同："你这么一说，我们就懂了，不像你身边的这个白白净净的人，说了半天，都不知道他在说些什么。"子贡只好低着头，耷拉着脑袋，垂头丧气地走了回去。

曾参恪尽孝道

　　孔子的学生性情各异,其中有一个叫曾参的,是出了名的孝子,对父母非常孝顺,甚至到了愚孝的地步,就因为这一点,孔子有一次还生了他的气。

　　曾参对母亲恭敬有礼,母亲一旦有事,曾参不论在哪里都能感应到,可以说时刻把母亲放在自己的心上。有一天,曾参外出砍柴,他的母亲在家烧火做饭,曾参的一个朋友登门拜访,一看曾参不在便准备转身离去。曾参的母亲赶紧跑出来挽留客人:"你不要走,曾参在外砍柴,很快就回来了!"话音刚落,母亲就在自己的胳膊上使劲掐了一下,心灵相通的曾参也莫名感到自己胳膊上一阵刺痛,心中暗想,肯定是家中母亲有事召唤他回去。于是,他匆匆背着木柴返回了家中。

　　曾参不仅对母亲恭敬,对父亲也是顺从体贴、从不反抗。曾参的父亲是个暴脾气,一天,父亲和曾参在地里干活,曾参一不小心把一棵粗壮的瓜苗给折断了。父亲大怒,顺手拿起干活儿用的木棍朝曾参的身上打去,愚孝的曾参就站在那里毫不躲闪,忍受着皮肉之苦,就为了给父亲解气,直到疼得昏了过去。昏睡了好半天后,醒来的曾参心中毫无怨恨,还惦念着父亲,急忙问道:"父亲现在还生气吗?刚才他教训我,有没有因为用力过猛而伤到手指?"逆来顺受的曾参真的是让人哭笑不得。

曾参却从没有察觉愚孝的不妥,反而对自己的行为很满意。有一天,曾参带着点心前去看望孔子,孔子心中早就对曾参的愚孝不满,闭门不见,差人打发走了曾参。曾参心中疑惑不解,于是茶饭不思、夜不能寐,托自己的师兄弟向老师寻求答案。孔子愤愤不平地说道:"他怎么没有错?当初舜帝小的时候,是怎么对待他那暴怒的父亲的,估计曾参就没有领会过。舜的父亲拿起小棍子,舜也就让他打了;倘若换成大棍子,舜就一跑了之,不再承受无端的痛苦。曾参面对着父亲莫名的指责和发泄,却无条件地顺从,这种行为就是在纵容那蛮不讲理的暴行啊!如果他父亲失手打死了他,岂不是一辈子都要承担着不仁不义的恶名?这才是最大的不孝!"曾参这才恍然大悟。

尽管曾参在对父母的态度上过于迂腐,但是在教育子女的问题上却充满了智慧。一次,曾参的妻子要去集市上买东西,年幼的儿子闹着要一起去。曾参的妻子为了安抚孩子,随口说了一句:"你在家乖乖地待着,娘很快就回来了,等娘办完事,回家给你杀猪吃。"儿子一听有好吃的,也就相信了母亲的话,安静了下来,乖乖在家待着。

不一会儿,妻子从外面买完东西回来了,儿子开心地从屋里奔了出来。曾参就拿起刀向着猪圈走去。妻子赶紧跑到曾参的跟前拦住他道："你还真当真啊！那不过就是为了临时安慰他才说的话，猪肉那么贵，不能说吃就吃啊！"曾参一本正经地对妻子说道："我们是孩子最早的老师，我们的一言一行都会影响到他以后的认知。刚才你既然说出了承诺，就要兑现，否则孩子知道我们在欺骗他，他以后也能学会这套把戏，去糊弄别人或者我们，到那时就会有大麻烦了！"曾参的妻子被他的这番话说得心服口服，就没有再阻拦，曾参向儿子兑现了妻子许下的承诺，当天就煮了一锅香喷喷的猪肉，儿子吃得高兴极了。与曾参父亲那种棍棒之下出孝子的教育方式相比，曾参的这种方法显然是高明多了。

公冶长善懂鸟语

　　孔子的弟子中有一个人最有意思，他有一个本领，就是可以听懂鸟儿的语言。然而，他经常因为这种特异功能被人误解，多次遭受牢狱之灾。这个人叫公冶长。

　　有一次，公冶长在回国的途中，路过一片树林时，树梢上传来了鸟儿叽叽喳喳的声音，公冶长伸长耳朵，听到鸟儿们在相互呼唤："赶紧去清溪水边吃肉啦，那里死了一个人。"公冶长没有将这件事放在心上，休息片刻后继续赶路。

　　没走多远，路边的一个茅草屋前坐着一个老太太，哭哭啼啼的，让人听了不免跟着悲伤起来。公冶长就好奇地上前问道："老太太，你为什么哭得如此伤心？"老太太泣不成声地回道："我和儿子相依为命，他前天就出门去远方办事，到现在还没有回来，我怕他遭难啊！"

公冶长忽然想到了刚才林子中的鸟儿说的话，就对老太太说道："这样吧，你到清溪水边去找找，我刚才来的路上听人说那边好像死了人。"老太太听了一愣，哭得更加厉害了，二话不说，赶紧朝着清溪边上跑了去。

老太太一到水边，就看到了早已腐烂的儿子的尸身，跪在地上仰天痛哭。随后，老太太一纸诉状把公冶长告了上去。村官赶紧差人按照老太太描述的模样，很快就捉拿到了公冶长。

公冶长极力辩解，但是毫无成效。村官疑惑地问道："你说你没有杀人，那你又怎么知道老太太的儿子死在了清溪水边？"公冶长连声解释道："是这样的，我自小就精通鸟语，可以听懂鸟类的语言。那天我刚好经过树林，听到鸟儿在呼朋唤友，要去吃河边的死人肉。后来碰到了老太太，我猜想那个人可能正是老太太的儿子，就善意地提醒了她。但是我确实没有杀人啊！"

村官听了觉得不可思议，哈哈大笑起来："我从来没有听说过人还可以听懂鸟的语言。你是在戏弄本官吗？先把你关进大牢，等找到能够证明你清白的证据，再放你也不迟。"

身处牢中的公冶长一直在等待证明自己的时刻到来，一天，狱门的栅栏上忽然飞进了几只鸟雀，咕叽咕叽地叫个不停。公冶长赶紧侧身聆听，从鸟儿的语言里他获取了重要的信息，这下可以证明自己的能力了。公冶长喊来狱卒说道："请向大人转告，我刚才从飞来的鸟儿那里听到了重要的信息——在城外的白莲水边出了事故，一辆车翻倒在泥坑里了，拉车的牛也摔在了地上，头上的角都断了，撒了一地的稻谷。赶紧差人去看看吧！"

狱卒赶紧向村官一五一十地说了公冶长的话，村官半信半疑，赶紧差人出了城前去验证。果不其然，白莲水边发生的事情和公冶长说的一模一样。村官这才信了公冶长的话，把他无罪释放了。

出了狱的公冶长有天闲在家中没事，正当百无聊赖的时候，一只鸟儿飞了进来，停在他的桌案上叽叽喳喳地叫起来："公冶长，公冶长，南山死了一只羊，快去把它弄过来，你吃肉，我吃肠。"

公冶长没有犹豫，立刻按照鸟儿说的话，到了南山，果然发现了一只死去的肥羊。公冶长把羊拖回家中，烹成了美味，和鸟儿一起分着吃了。没过多久，丢羊的主人就打听着找上了门来，一进门就看到墙上挂着那只羊的羊角，心中一阵恼怒。于是，公冶长被人告到了官府。公冶长尽力辩解，但是跟往常一样，没有人相信他的话，就这样，公冶长又被关进了牢中。

孔子听闻了公冶长再次入狱的事情，心里自然知道自己学生的品性和才能，于是亲自前往求见鲁君，说明缘由。但公冶长的行为看起来证据确凿，孔子也一时没有了办法。正当无计可施的时候，一天，狱中的窗户上停落了一只鸟儿，它慌忙地叫唤着："公冶长，鲁国快要遭难了，齐国已经派兵在来攻打的路上。赶紧叫大家做好准备吧！"

公冶长听了忧心忡忡，赶紧让人把刚才从鸟儿口中得到的信息传达给了鲁国国君。鲁国国君心想，国事不是儿戏，虽然这鸟儿说的话不知真假，但也不能忽视。于是，鲁君派了人马出城探查，果然，城外很快传回消息，齐国的大兵快要到达鲁国的边界了。鲁国国君这才相信了公冶长，赶紧把他放了，立马整顿军队。由于事先做了充分的准备，鲁国提前发兵迎战，抵御住了强大的齐兵，取得了胜利。

战胜的消息传来，鲁国国君欣喜不已，心中非常感谢公冶长，于是给他封了一个官。但公冶长品行端正，不贪恋权势，他深知自己并没有什么做官的才能，只是能听懂鸟语罢了。于是，公冶长婉言谢绝了鲁国国君。孔子非常欣赏公冶长的这种行为，后来还把自己的女儿嫁给了他。

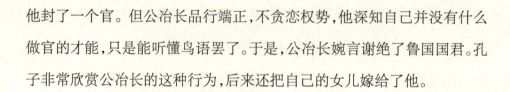

禽言兽语

　　大自然中，生物之间都有彼此之间沟通的渠道，互相传达着信息，只是我们不知道罢了。像鸟儿鸣叫、公鸡打鸣、骏马嘶鸣、老虎怒吼，也许都是在表达情感，说着属于它们自己的语言。在古书上也记载了一些懂得鸟兽语言的人。比如，春秋时有一个小国的国君叫介葛卢，一天，他前往鲁国拜见，听见城墙下有牛叫的声音，仔细一听便对旁人说道："那牛刚刚说了，它生了三个孩子，全部被人杀了祭祀用了。"旁人不信，去向牛的主人打听，果真如此。

　　又比如，东汉时期，有一个人叫杨翁仲，养了一头跛脚的马。一天，他驾着马去田野游玩，不远的对面正好也有一匹马在吃草，两匹马相互看了看，没过一会儿就互相嘶鸣起来。杨翁仲听后笑着对身边的人说："这两匹马在互相嘲笑对方，那匹马骂我的马是瘸子，我这匹马讥笑着喊那匹马是瞎子。"旁人不信，赶紧跑过去，发现对面的那匹马果然瞎了一只眼。

　　再比如，三国时魏国一个叫管辂(lù)的人能听懂喜鹊的语言，一天，一只喜鹊停在屋檐上叽叽喳喳地叫着，管辂一听就明白了，原来村子里有个凶恶的妇女把她的丈夫杀死了；在唐代，也有一个叫白龟年的人能听懂各种动物的语言。

孔子失察

　　孔子博学多识，还懂得辨人，但是孔子也有失察的时候，其中最值得一说的就是他的两个学生澹（tán）台子羽和宰予。

　　澹台子羽相貌长得丑陋，手掌还残缺不全，连孔子第一次看到他都有点反感，觉得他难成大器。然而澹台子羽其实是一个胆识过人的勇士，他跟着孔子努力学习，成为有名的智者。后来，澹台子羽独自周游南方，各国诸侯都知道他的名声，很多人慕名而来拜他为师。后来，孔子不得不感慨地自责道："凭着相貌的俊丑来判断人，对澹台子羽真的是太不公平了！"

　　宰予则恰恰相反，表面上能言善辩、八面玲珑，说出的话让人听起来如沐春风，内心却不那么纯净。一次，孔子师徒驾车经过殷纣王的都城朝歌。朝歌曾经辉煌一时，但是由于纣王无道，朝歌也成了人间地狱，充斥着骄奢淫逸之风。颜渊加快挥动鞭子，让车子飞快地经过了朝歌的集市。大家都用袖袍遮住脸，不让这曾经污秽的地方污染了自己的双眼，只有宰予饶有兴趣地望着窗外。子路性格刚烈，看到这一幕，不由得心生怒火，气得一脚把宰予踹了下去。宰予摔落在地，痛得哇哇直叫。孔子见状，不得不反思道："用语言的巧拙来判断人，对宰予压根儿不适用啊！"